集英社オレンジ文庫

それってパクリじゃないですか？ 4

～新米知的財産部員のお仕事～

奥乃桜子

JN019618

本書は書き下ろしです。

CONTENTS

CHITEKI ZAISAN BUIN
NO OSHIGOTO

CHARACTERS

藤崎亜季　■ふじさきあき
知的財産部（通称：知財部）に異動した新米部員。デキる女性風の見た目と、中身とのギャップにコンプレックスがある。なにごとにも懸命に取り組む、真っ直ぐな性格。

北脇雅美　■きたわきまさよし
新設されたばかりの月夜野ドリンク知的財産部に、親会社から出向してきた。弁理士で、理論派、有能。なにごとにも自分の意見をはっきりと持っている。

根岸ゆみ　■ねぎしゆみ
亜季の十年来の親友で、カフェ『ふわフラワー』の店員。『ふてぶてリリイ』という自身の鞄ブランドを運営している。さっぱりとした性格で、いつも亜季のことを気にかけている。

熊井　■くまい
元法務部で、現・知財部部長。包容力があり、ゆったりながら仕事のデキるタイプ。

瀬名良平　■せなりょうへい
総合発明企画に勤めている。大学時代の亜季の知り合い。

イラスト／U35

それってパクリじゃないですか？④

新米
CHITEKI ZAISAN BUIN NO OSHIGOTO
知的財産部員
のお仕事

【0001】

ひとつの決着

出会ったときから、チョロいやつだなと思っていた。

藤崎亜季《ふじさきあき》は、見るからにチョロかった。少々気が合うふりをすれば、犬のように尻尾《しっぽ》を振る。『君の気持ちはよくわかる、なぜなら俺も同じだから』と話を合わせてやるだけで、目を輝かせてあからさまに信頼を寄せてくる。

人を動かすのなんて簡単だ。そいつが言ってほしいことを、言ってほしいタイミングで告げればいい。とくに藤崎亜季のような、皮肉を皮肉とも気づかない性善説信者、かつ、取り繕《つくろ》われた小綺麗《こぎれい》な上《うわ》っ面《つら》を馬鹿《ばか》正直に信じこむ人間なんて、操作するのになんの苦労もない。

おそらく彼女は、『すべての物事には理屈がある』という基本にして絶対なる世の根本原理を理解していないのだろう。対価を求めず思いを贈る人間なんていない。やさしさの裏には打算がある。親切にするのは、そのほうがそいつをいいように動かしやすいからだ。

そういう、賢い人間が誰しも悟って活用している真理がなんにも見えていないから、すぐに誰かを信じこむ。騙《だま》される。自分が誠実を貫けば、当然他人も誠実に応じてくれるはずと考える。

心底馬鹿だと思った。

もっとも当初は、利用するには悪くない人間というくらいの評価はしていたのだ。そこそこお勉強ができて、勤勉で、こちらの言いたいことはすぐに理解する。だが徐々に、その根本的な愚《おろ》かさ加減に我慢がならなくなってきた。ドラマみたいなセリフを臆面《おくめん》もなく告げる女に辟易《へきえき》した。そのあっけらかんとした素直さを踏みにじりたくなった。

だから特別やさしくして舞いあがらせたところで、身の程をわからせてやった。

あのときの、藤崎亜季の表情といったら。

瀬名《せな》良平《りょうへい》は息を漏らして、タブレットでひらいたニュースへ目を落とした。画面には、今宮《いまみや》食品の社長が行った記者会見についてが表示されている。

今宮の社長は、月夜野《つきよの》ドリンクが特許侵害を認識していたにもかかわらず目をつむっていたうえ、ことが世間に露《あらわ》になった現在に至っても誠実な対応を取ろうとしない、そんな不義理を涙ながらに訴えたという。

記事自体の論調は、特段どちらに肩入れしたものでもない。だがそのニュースについて思い思いに語る人々の意見を眺めて、つい瀬名の口元は緩んだ。

ほぼ、九割がた、月夜野ドリンクへの非難である。

「これは、決まったな……」

ここまで悪評ばかりになってしまえば、月夜野ドリンクは焦りに焦っているだろう。早急に沈静化させるために、瀬名が主導した協議の席に飛びついて、莫大な和解金を払うに違いない。

月夜野は、耐えられずに折れる。

瀬名だけでなく、この『総合発明企画』のほとんどの社員はそう考えている。

もっとも月夜野の知財部にすこしでもものわかった人間がいたならば、思ったほどうまくことが運ばないかもしれない。月夜野ドリンクには、今宮食品の特許をそもそも無効にしてしまうという起死回生の一手はまだ残されているからだ。

もし実際特許を無効にできたならば、侵害うんぬんの問題自体がきれいさっぱり消えてなくなり、月夜野に過失など存在しなくなる。この唯一の勝ち筋を摑《つか》みにゆくような気概と知識とテクニックがあれば、あるいは訴訟に突き進んででも徹底抗戦すべきという判断がなされる場合も、ないわけではない。

だがその可能性は極めて低いと瀬名は考えていた。

というより、ほぼありえない。月夜野はB　to　C、顧客イメージがすべてを左右する飲料会社であるのだから、トラブルの長期化を嫌った上層部は必ず決着を急ぐだろうし、そもそもだ。

月夜野ドリンク知財部に、『もののわかった人間』など存在するのだろうか。

望みは薄いだろうな、と瀬名は目を細めた。

月夜野の知財部など、たった数人しかいない形ばかりのものだ。近頃のこなれた知財戦略も、どうせ外部のコンサルに言われたとおりにこなしているだけ。なにより、あの藤崎亜季を貴重な戦力のひとりに数えてしまう部署なのだ。

「もっと使えるやつを知財に回せばよかったのになあ」

タブレットを掲げ持って、背もたれに身体《からだ》を預けた。

先日、月夜野ドリンクのロビーで会った藤崎亜季の様子を思い返す。感情に支配されて、愕然《がくぜん》としてしまって、なにも言いかえせない。なんの手も打てない。

その姿を見た瞬間、こいつはなんにも変わってないんだな、と呆《あき》れと嫌悪が湧きあがった。そして胸がすいた。成長のない藤崎亜季を前にして、自分がこの数年をいっさい無駄にしなかったのだという強い確信を得ることができた。

あの惨《みじ》めな顔が見たかったのだ。入社以来下積みに耐え、ようやく自分の仕事を任された。食品関係企業のビジネス開拓を期待されて、今宮食品の死蔵特許に目をつけた。ほとんどはがらくたばかりだったが、ひとつ、月夜野ドリンクをうまく転がせるかもしれない特許を所有していると気がついた。本腰を入れてリサーチを始めた矢先、こともあろうにあの藤崎亜季が、月夜野ドリンクの社員なのだと知った。その瞬間から、できれば見たいと願っていた。

それが思いもよらず、最高の形で叶った。なぜ彼女が知財部に在籍しているのかはまったくわからないが、まさか藤崎亜季本人と対峙《たいじ》できるとは。知財の仕事が向いているとは到底思えないから、どうせ技術者をクビになって、知財部に左遷《させん》されたに決まっている。

月夜野ドリンクは、知財の重要性を正確に認識できていないのだ。だから知財部を、技術者として不適格な人間を押しこむ窓際部署と考えている。

その判断が、自《みずか》らの首を絞めるとも知らず。

「いまだにそんな残念な企業があるなんて、ほんと驚きだよ」

『総合発明企画』の代表である田崎《たざき》の口癖を真似しつつ、その田崎宛《あて》にメールを書きはじめた。月夜野ドリンクが協議を持ちかけてきた場合に提示する和解金の金額について相談しなければ。いつも田崎は言っている。勝利にほくそ笑んでいる場合ではないんだよ瀬名君。勝って兜《かぶと》の緒《お》を締めよ、だ。

にしても。

瀬名は金額の上限を決めようとして、少々考えこんだ。

わざわざ群馬まで藤崎亜季の顔を見に行ったのは至極愉快な体験だったが、ひとつだけ苛立《いらだ》つ出来事があった。月夜野ドリンクが今宮の特許を確かに侵害しているのかを、藤崎亜季に明言させられなかったのだ。さすがのぼんくら藤崎にも、自社が確かにクロかどうかを第三者に話しては機密漏洩《ろうえい》という程度のリテラシはあるらしい。

それが気に入らない。

もちろん証言など得られなくとも、こちらの優位は揺らがない。状況証拠はみな月夜野がクロだと示唆《しさ》しているし、今宮食品の大騒ぎによって、世間へは月夜野がクロだとしっかりと演出できている。そもそも田崎は、相手が侵害している確証など必須ではないと最初から言っていた。ただ世間が月夜野を悪と信じこめばそれでよし、と。

とはいえ瀬名としては、やはり確証を手に入れたいところではあった。真実侵害しているのだという事実を握れば、交渉での強力なカードになる。月夜野の後ろめたさにつけこんで和解金をつりあげられて、華々しい成果が得られるはずなのだが——。

スマートフォンが震える。電話がかかってきたようだ。

なんとはなしに画面を覗《のぞ》き、瀬名は思わず噴きだした。

「……カモがネギしょってきちゃったか」

着信の相手は、藤崎亜季だった。


スマートフォンをジャケットに突っこんでオフィスを出た。電話で待ち合わせの約束をしたとおり、東京駅から有楽町《ゆうらくちょう》に抜ける地下通路の中間、ひとけのないレンガの壁に、藤崎亜季はひとりぽつりともたれていた。自分の足元を見つめている。とりあえずあるものを着てきましたという感じの気の抜けた私服に、小さいポーチひとつ。

瀬名は、さも心配だという顔で近づいた。

「藤崎さん」

飛びあがるように姿勢を正した藤崎亜季は、急《せ》いて口をひらく。

「瀬名君！　わたし――」

「急に会いたいだなんてどうしたの？　今日、平日だけど会社は？」

「会社は休み……というか行けない。来るなって言われたから」

「え、どうして」

驚いた顔をしてみせると、藤崎亜季は唇にぎゅっと力を入れて、手元のポーチを握りしめる。そして意を決したように言った。

「瀬名君が、わたしに会いに来たからだよ。わたしが言ってもいない会社や上司の愚痴《ぐち》をみんなに言い触らしたから。なにより、瀬名君が、総合発明企画に勤めてるからだよ」

瀬名はちょっと笑った。

「なんか、溜めこんでいたものを全部吐きだすみたいに言うなあ。俺とうちの会社が、藤崎さんの謹慎とどう関係あるの？」

「ごまかしたって知ってるから。瀬名君の勤める総合発明企画はパテント・トロール。特許を使ってトラブルを演出して、おおごとにして、大金をせしめようとする特許転がしの会社。そんな会社に勤めてる瀬名君に、わたしが自社の技術情報を漏洩しようとしてた、知財を守るべき知財部員が裏切ろうとしていたんだって会社中に疑われてる」

「そうなんだ。それはかわいそう――」

「だからわたしにはもう、この手しか残ってない」

「この手？」

「こうして瀬名君に、直接訊《き》くしかない。それ以外に自分の潔白を証明する手段がない」

「……だから俺に会いに来たの？」

「そうだよ」

と藤崎亜季は嚙《か》みしめるようにうなずいた。

「教えて。瀬名君は、今宮食品と関わりがあるの？　だからわたしに会いに来たの？　知財部から情報漏洩が起こったみたいに見せかけて、知財部の活動を妨害するために」

「……もしそのとおりだったらどうするの？」

「罠《わな》に嵌《は》まったわたしが馬鹿だったんだって諦《あきら》める。脇が甘かったんだって」

「じゃあ俺が今宮食品と全然関係なかったら？」

「その場合は証言してほしい。もう上司や仲間の信頼は回復できないとしても、すくなくとも今宮食品の件と瀬名君が関わりないとわかれば、謹慎は解かれるかもしれない。あんなひどい嘘《うそ》をついたのが、ただわたしを笑いたいがためだったっていうのなら、もう充分満足できたはずだよ」

藤崎亜季は、退《ひ》くものかという勢いで見つめてくる。

なるほど、と瀬名は思った。遅れた田舎企業も、さすがにこの程度のリスク管理はできるのか。今宮食品がクライアントである事実を、総合発明企画は現時点でいっさい公表していない。それでも月夜野ドリンクは、総合発明企画が嚙んでいるかもしれないとは気がついたらしい。

そして藤崎亜季自身もまるきり無知ではない。総合発明企画が巷《ちまた》でパテント・トロールと呼ばれていることも、パテント・トロールが何者かも、一応理解はしている。

だがやはり、この女は馬鹿だし、愚かだ。

馬鹿正直に問いただして事態が打開できると思っているうえ、結局自分のことしか考えていないではないか。

「……わかった」

だから瀬名はおもむろに姿勢を正し、重々しく答えた。

「確かに俺は、藤崎さんが社内で反感を買うように仕向けた。だから聞いてもいない上司の悪口を、さも聞いたように話した」

「なんでそんなこと――」

「だけど！」

と足を踏みだし藤崎亜季の手首を取った。彼女はひどく驚いてとっさに腕を引っこめようとしたが、させなかった。目を合わせたまま手を握りしめる。

「聞いて藤崎さん。俺は、今宮食品の件では潔白だから。そもそも誰に吹きこまれたのか知らないけど、うちはパテント・トロールなんかじゃなくて、特許の管理や整理に特化した、普通のコンサル会社だよ？　なにも悪いことなんてしてない。法を犯してもいない。そもそも俺も、うちの会社も、食品会社にツテはない。コンサルタントなんて無理筋だし、全然知らない話だよ」

藤崎亜季は眦《まなじり》に力を入れた。疑っている。

「ほんとだって！　悪魔の証明になっちゃうけど、うちの会社が飲料業界のコンサルなんてできるわけない。みんなド素人《しろうと》なんだよ」

「瀬名君は食品関係が専門分野だったはず。瀬名君なら、今宮食品の特許の価値も意味も理解できる」

「買いかぶりすぎだよ。食品が専門だったのなんて大学での話でしょ？　俺、今の会社に入ってからは電機とか機械の担当ばっかりでさ。周りについていこうと必死に勉強してるわけ。大学の専門なんてもう忘れちゃったよ」

ある程度は事実だ。事実だからこそ胸を張れる。学んだことに胡座《あぐら》をかいて、その残り火に当たってぬくぬくと仕事をしてきたお前に、俺の苦労がわかるわけもない。

「むしろ俺もできることならば、月夜野ドリンクを助けてあげたいくらいだよ」

「でも――」

「じゃあ逆に訊くけど、月夜野のお偉いさんには証拠あるの？」

「え？」

「総合発明企画と今宮食品が繫《つな》がってると信じてるからこそ、俺が藤崎さんから情報を盗もうとしたと決めつけてるんだよね？　じゃあさ、おたくの会社は、俺やうちの会社が実際今宮食品と提携しているって証拠、ちゃんと持ってるの？」

「……それは、瀬名君が、わざわざわたしに会いに来たから——」

「つまり、ないんでしょ。そんなものない。なのに月夜野ドリンクは、勝手に俺たちを悪者に仕立てあげてるわけだ。正直に言って失礼だよ。俺にも、俺の会社にも、もちろん藤崎さんにも」

　図星だったのか、藤崎亜季は言葉を探している。揺れている。

「確かに瀬名君がクロって証拠はないよ。でも瀬名君がシロの確証もないんだよ」

「それは、俺という人間を信じてって言いたいところだけど……」

　誘導どおりの質問が来て、瀬名は満面の笑みを浮かべた。

「もちろん、調査してくれていいよ。このあと、よくよく調べてみるといい。気が済むまで、お好きなように」

　予想だにしなかったのか、藤崎亜季は戸惑いを隠せないような目でこちらを窺《うかが》ってくる。

　だから微笑《ほほえ》みをもって背を押してやる。

「でもどれだけ探ったって、俺が関与してる証拠なんて出てこないよ。そんなもの、最初からないんだから」

　嘘だ。今宮食品は総合発明企画と契約関係にあり、瀬名のクライアントである。然《しか》るべきところを探せば当然ばっちりと証拠は出てくる。

　だが藤崎亜季に調査する機会なんて永遠にやってこない。だから都合のいいことを並べ立ててもなんら痛くはない。

　握った手をそっと撫《な》でてやる。やわらかに声をかける。

「ていうかさ、どうして俺が、藤崎さんが社内でひんしゅくを買うように仕向けたのか、ちゃんとわかってくれてる？」

「……わたしを笑いたかったから」

「全然違う！　逆だ、藤崎さんをうちの会社にヘッドハンティングしたかったからだよ」

「嘘でしょ」

　藤崎亜季の瞳に、はっきりと嫌悪が現れた。それでも瀬名は猫なで声を続ける。

「嘘じゃない。同じ知財業界で働いてるってわかったときから、藤崎さんがほしかった」

　女なんて結局は、気分で物事を判断する。ひたすら心地よいほうに誘導してやればいい。

「だから俺、藤崎さんが今の会社に見切りをつけられるように背を押したつもりだったんだ。ちょっと強引になっちゃったのはごめんんね。どうしても藤崎さんが必要で、来てほしかったから。絶対ほしい人を強引にだって引き抜こうとするのは、うちの会社の伝統なんだよ」

信じがたいと目が言っている。その視線を余すところなく受けとめる。微笑んで、馬鹿げて大仰なセリフを恥じらいもなく堂々と告げる。藤崎亜季がほしいものをくれてやる。

「藤崎さんがすっごく優秀で、なんでもうまくこなす人なのは、俺が誰よりよく知ってる。一緒に働けたら、ひとりのときより何倍も成果を出せると思ったんだよ。それに俺、ゆくゆくは独り立ちしたくて、将来の起業パートナーを探してたんだ。だったら余計にここで藤崎さんを逃すわけにはいかなかった」

「……わたしをビジネスパートナーにしたいってこと？」

「そのとおり。ねえ藤崎さん。どうか俺のパートナーになってほしい。そのためにもまずは総合発明企画で一緒に働いてほしい。同じ夢を見てほしい。期待してるんだ。藤崎さんは、俺の期待を叶えてくれる人だって知ってるんだ」

女の瞳がわずかに揺れた。

そうだろう。効くだろう。とことん揺さぶられたはずだ。『同じ夢』。『期待』。お前、こういうふわっとしたいい感じのセリフにめちゃくちゃ弱かったもんな。理詰めでひとつひとつの単語の意味と定義を判断する知財の業務が、一番向いてないタイプだもんな。

「ね、俺を信じてくれる？」

やがて藤崎亜季はうつむいた。照れているように見えた。

「……わかった」

「ほんと？　よかったあ」

おおげさに胸をなでおろしながら、瀬名は内心ほくそ笑んでいた。それでいて辟易していた。なんだこのつまんねえ女。矛盾《むじゅん》にも気がつかず、ころっと騙されて。

思わず全部ぶちまけたくなって我慢する。まずは吸えるものを吸い尽くさねば。

「でも腹立つよなあ。もとはといえば、今宮が『月夜野ドリンクがうちの特許を侵害してます』なんて怪文書を取引先に送りつけるから、藤崎さんが情報漏洩を疑われる羽目になったんだろ？」

さきほどまで藤崎亜季がもたれていた場所に、あくびをしながら背を預けた。

「あんなの禁じ手でしょ？　どうせ今宮は侵害の証拠なんて持ってないくせにさ。ほら、『緑のお茶屋さん』が侵害してるっていう話なの、製法の特許でしょ」

藤崎さんが心配になってさっき確認したんだけど、と特許庁のサイトで検索しておいた今宮食品の特許公報を表示させる。

「製法をパクられてるかなんて外部からは確認できない。なのに今宮はさも証拠を押さえてるみたいに、『絶対侵害されてます』みたいなことを堂々と言い放ってさ。適当な言いがかりでしょあんなの。実際月夜野は侵害してないのに、ほんと最悪だな」

「……それは」

「俺の知財コンサルとしての勘は、月夜野ドリンクは侵害してないって言ってる。断言してるよ、冤罪《えんざい》だって」

だとしたら、と難しい顔で腕を組む。

「ここで日和《ひよ》って和解金を払っちゃうのは悪手だよなあ。だって月夜野ドリンクには、まだ勝ち目があるかもしれないのに。どうなの？　実際のところ」

いよいよだ。黙りこくった藤崎亜季を、軽い調子で問いただす。

「こんな大騒ぎになったんだから、おたくの知財部もさすがに今宮の特許についてちゃんと調査してもらったでしょ？　もし権利の回避で悩んでいるなら俺も力になれることがあるかもしれない」

顔をあげる。藤崎亜季の目を見る。

「俺の知財コンサルとしての力で、月夜野ドリンクは窮地《きゅうち》を脱せるかもしれない」

藤崎亜季の瞳が左右に揺れる。唇に力が入る。震えている。ほとんど答えを得たようなもので、瀬名は内心歓喜した。これはつまり、そういうことだ。

だが焦るな、言わせるのだ。本人の口から、はっきりと言葉にさせろ。

「藤崎さん？」

「……だめなんだよ」

「だめ？」

「今宮食品の特許って、お茶の苦みの『切れ味』と『コク』に着目した製法でしょ」

「そうだね」

やさしく相づちを打つ。「もしかして回避できてない？」

特許とは多くの場合、ただひとつの発明で成り立っているわけではない。核となる発明のもとに、いくつもの小さな発明が集まって構成されているのだ。

今宮食品の権利も、大枠となるのはお茶の苦みの『切れ味』を向上させる製法だった。ある特定の製造プロセスで茶葉の抽出を行うことが『切れ味』向上のポイントとなるのである。さらにこの特許では、製造プロセスにおいてある物質を添加すると、『切れ味』だけでなく『コク』も同時に高められることが開示されていて、その製法もまた権利化されている。

『切れ味』を高める大枠の製法と、『切れ味』に加え『コク』も高める製法。『緑のお茶屋さん』が権利侵害しているかどうかは、このふたつの権利それぞれで考えなければならない。潔白を主張するのなら、両者ともにシロでなければならないのだ。

だが藤崎亜季は口をつぐんでいる。やましいことがあるのだ。

言え。口を滑らせてしまえ。

「藤崎さん、俺たち仲間でしょ。俺は、仲間のことはできる限り助けたいんだ」

強く詰問したいところを必死に抑え藤崎亜季好みのセリフで促《うなが》すと、ようやく愚かな女はうなずいた。

「実はね」

「うん」

「権利の大枠になってる『切れ味』のほう、完全に今宮の特許の範囲に引っかかっちゃってる」

「今宮の特許権を侵害しちゃってるってこと？」

「そう。うちの『緑のお茶屋さん』の製造プロセスが、今宮の特許に書かれてる範囲に入っちゃってる。向こうの陣地を踏んじゃってる。だから、完全にアウト」

「そっか……」

緩みそうになる頬《ほお》をどうにか保って、瀬名はさも残念なように肩を落としてみせた。

やはりそうだった。月夜野ドリンクは、今宮食品の特許を間違いなく侵害している。後なところが。

歓喜しつつも畳みかける。まだ勝利宣言には早い。重要な情報が残っている。一番大事なところが。

「無効にもできないの？　先行文献さえ見つかれば、相手の特許を無効にできるかもしれない。そうすれば侵害の事実そのものがなくなるのに」

ここが一番のネックだった。実は、先行文献はちゃんとあるのだ。もし月夜野ドリンクがすこしでも本腰を入れて探せば、今宮の特許を無効にできる証拠が見つかってしまう。瀬名の勝利は揺らいでしまう。

だが藤崎亜季は息を吸ってから、小さな声で答えた。

「部長はね、先行文献調査をやる気はあるみたい。でも会社の偉い人たちは、調査なんてしている暇があったら今すぐ和解するべきだって思ってるみたいで」

「騒ぎを収めるために？」

「うん。だってこのままじゃ、わたしたちが悪者になっちゃうでしょ」

「悪者にはなりたくない？」

「なりたい人なんていないと思う」

「だよね……」

しょげたような藤崎から目を逸《そ》らし、瀬名は深く息を吐きだした。

やはり月夜野の経営陣に、もはや争う心づもりはないのだ。世間の評判を気にして、早急に有耶無耶《うやむや》にしようとしている。目先の利益を優先して和解金を払う。

悪者役を引き受けるつもりもない、その気概もない月夜野ドリンクが、知財部が、藤崎亜季が、唯一の道を自ら閉ざす。

つまり。

この女も、用なしということだ。

「……確かに藤崎さんは、悪者になんてなれないよね。その力もないし」

つい笑いを漏らした瀬名を、藤崎亜季は怪訝《けげん》に窺ってくる。

「瀬名君？」

だから見せつけるように、ジャケットの内ポケットに手を入れた。もったいぶった手つきで銀色の物体を取りだして、ゆっくりと藤崎亜季の面前に突きだした。

「なにそれ」

「ＩＣレコーダー。まあ、録音機だよ」

瀬名は口角をあげた。すべてを記録する小さな機械のランプは赤く光っている。録音中だと主張している。

藤崎亜季の顔色が変わる。今さら遅いが。

「……なにを録音してるの」

「そりゃもちろん藤崎さんの声だよ。トラブルの争点、自社が他社特許を侵害しているか否《いな》か、経営陣の考え。そんな機密中の機密情報を、安直に、考えなしに第三者に喋《しゃべ》った証拠。これ、おたくの会社に送ってあげようか？　藤崎さんが実際にちゃんと情報漏洩してましたって証拠として。さあどうなるかな、今度は懲《ちょう》戒《かい》解雇かな」

馬鹿女は言葉を失う。懲戒解雇がよほど効いたか。

「……なんで」

「馬鹿すぎてイラつくから」

ようやくつぶやきを落とした藤崎亜季に、瀬名は冷ややかな笑みを向けてやった。

「チョロくて考えが浅い馬鹿でしょ、藤崎さんって。でもたぶんさ、自分のことすごく清々《すがすが》しくてまっすぐで、賢い人間だと思ってるじゃない。価値がある人間だって。さっきの俺のリクルートも真に受けてたしな。あんなもの嘘に決まってるのに」

「嘘……」

「もしかして、総合発明企画に転職できるんなら月夜野の秘密情報なんて喋っちゃっても構わないと思っちゃった？　残念でした、仕事のパートナーにするなら、もっと優秀な人間を選ぶよ。すくなくともペラペラ機密を喋っちゃう女なんて願い下げ。そうじゃない？」

　まあ、と瀬名は笑顔でICレコーダーを再びポケットに収めた。

「これで藤崎さんも、自分がどれだけ仕事ができない人間なのか、身に染みたんじゃない。これからの人生に生かせるといいね」

　生かせるとも思えないけど。

「じゃあね」

　と歩きだした瀬名を、藤崎亜季は必死に追いかけてくる。

「待って！　わたしは確かに仕事ができるわけじゃない。もっと上手にこなせる人なんていくらでもいるって重々わかってる。だから瀬名君の言うとおりだとも思う。でもこれだけは言わせて。うちの会社の侵害について話をしたのは、転職できるから、もう月夜野ドリンクなんてどうでもいいと思ったからじゃない」

「じゃあなんなの」

「瀬名君を信じてたから」

　瀬名は思わず足をとめた。この期《ご》に及んでそんなセリフを吐く女に、呆れを通り越して感動した。

「わたしは月夜野ドリンクが大切だから。だから、その大切な会社を救う策を考えたいと言ってくれた瀬名君を信じたかった。知財コンサルとしての真心があると思いたかった」

「へえ……」

本気で言ってるのか。それとも当てこすっているのか。わからないが、こうなったら徹底的に突き落としてやらないと気が済まなくなってきた。

「もちろん俺も、知財コンサルとしての自分に誇りを持ってるよ。いい仕事をしている自負もある。だから——」

言ってしまおうか。危険だろうか。大丈夫、もうこの女は終わりだ。情報漏洩の証拠をこちらが握っている以上、どうにでもなる。

言ってやれ。地獄《じごく》の底はさらに深いのだと知らしめてやれ。

「だから俺も、ちゃんと俺の仕事をさせてもらうよ」

「……てことは、やっぱりうちの会社を助けてくれるの」

瞳の奥に、ほのかな期待が垣間《かいま》見える。それを完膚《かんぷ》なきまでに踏みにじる、最高の笑みを浮かべた。

「逆、ぎゃく。俺のクライアント、今宮食品が最大の利益を得るよう尽くすんだよ。使える情報をタダで漏らしてくれてありがとうね、藤崎さん」

藤崎亜季が息を呑《の》む。唇が引き結ばれる。

瀬名は目を細めた。真実会社を売ってしまったと知って、このチョロ女はどんな顔をするだろうか。自分の迂闊《うかつ》なふるまいが、言動が、自分自身だけでなく勤め先まで追いつめたと悟って、どんな反応を見せるだろう。

絶望するだろうか。自分の愚かさを認められずに笑って言い訳するか。泣き叫ぶのか、縋《すが》ってくるか。なんでもいい。すこしは経験を積んだのなら、観覧車のときよりいい表情を返してくれよ。

藤崎亜季の唇が震えてひらく。瀬名は期待に胸を膨らませる。いったいどんな言葉が飛びだすか――。

「なるほど、それでは確かに、瀬名君の現在のクライアントは今宮食品なんですね」

しかし発されたのは、震えとはほど遠い声だった。

「つまり瀬名君が所属している総合発明企画は、間違いなく月夜野ドリンクと今宮食品のトラブルに関与している。その旨《むね》を、弊社《へいしゃ》の経営陣に報告します」

「……は？」

一瞬、なにを言われたのかわからなかった。このはきはきと喋る女が、さきほどまでの藤崎亜季と同じとは思えない。

「いやなに言ってるの？　俺がいつそんなこと言った？　やだな藤崎さん、突っ走って早とちりする癖、全然抜けてないよ」

薄笑いでごまかそうと、藤崎亜季は動じない。

「確かにうっかりミスは知財の仕事では致命的って、よく上司にも注意されるよ」

「でしょう？　だから——」

「だからミスしないように、ちゃんと対策してきたんだよ」と小さなポーチから取りだされたものを見て、瀬名は言葉を失った。

ランプが赤く光っている。録音中のＩＣレコーダーだった。

＊

「……え、なにそれ」

「レコーダーだよ」

亜季は震える腕を懸命に突きだして、録音中のＩＣレコーダーを見せつけた。

ここまで長かった。会いたいと電話したら、瀬名はあっさりと応じた。そして案の定、亜季から秘密を聞きだそうとしてきた。月夜野ドリンクが侵害している確証を得ようとした。だからこそ、話したのだ。あえて内部情報を口にした。騙されたふりをして、頼って信じているふりをして、瀬名を油断させた。

そうして、ほしかった一言を引きだした。

瀬名良平が、総合発明企画が、今宮食品の戦略立案に携《たずさ》わっている確証を得た。

証拠は今、亜季の手の中にある。

「レコーダーだなんて、見ればわかるに決まってんだろ。俺は、なんで藤崎さんまで録音してんのって聞いてんの！」

あからさまに動揺した瀬名は、すぐに苛立ちはじめた。ついのけぞりそうになって、亜季は深く息を吸って吐く。大丈夫、もうこんな男は怖くない。

「瀬名君と同じだよ。言ったでしょ、わたしは、瀬名君が今回の件に関わっているのかどうかが知りたいって」

「その証拠にするって？」

馬鹿みてえ、と笑って吐き捨てる。吐き捨てながら機を窺っている。ICレコーダーを奪おうと、亜季を言いくるめようとしている。

「俺が今宮を動かしてるってお偉いさんに伝えて、それで褒めてもらおうって？　無理無理、藤崎さん、さっき思いっきり情報漏洩したでしょ。侵害の事実っていう、一番喋っちゃいけないところを喋った。もうなにやったって解雇だよ。首を切られる。間違いない。だからそんな録音、無駄だよ。藤崎さんの言うことなんて誰も信用しない」

だが亜季は冷静だった。冷静というか悲しかった。瀬名は焦って亜季を攻撃している。傷つけて、不安にさせて、判断力を鈍らせようとしている。

そんな思惑はこちらにだって見えている。だからすこしも通用しないのだ。

「なんだよその顔。言いたいことがあるなら言えよ」

「……ほんとに瀬名君は、わたしをチョロいと思ってるんだね」

「は？　いやお前、言っちゃったじゃん。『切れ味』については侵害しちゃってるって。まさかそれも嘘だったわけ？　とことん揉《も》めたいわけ？」

「違う。『緑のお茶屋さん』が今宮の特許を侵害しているのは事実だよ」

紛う方なき事実。微塵《みじん》も嘘など言っていない。

「だったら――」

「だけどそれを話しちゃったのは、わたしがうっかりしてたからじゃない」

瀬名の空っぽの称賛や、嘘丸出しの転職の誘いに気持ちよくなって口を滑らせたわけではない。

「総合発明企画が関わっているって証言がほしかった。そのためには、こちらだっていくつか情報を明かさなきゃいけないかもしれない、だったらここまではオーケーってあらかじめ社内で決めた情報を、取り決めたとおりに話しただけだよ」

だからもし瀬名が、亜季が情報漏洩したと月夜野ドリンクに訴えでたとしても、知財部長の熊井《くまい》も、社長の増田《ますだ》さえなんとも思わない。みんな了承していることだから。

「……なにそれ。俺を嵌めたってことかよ。会社ぐるみで嵌めにきたって」

亜季は口を強く結んだ。

そうだ、そのとおりだ。

亜季と月夜野ドリンクは瀬名を嵌めた。情報を引きだそうとする瀬名の思惑に乗せられたふりをして、逆に情報を引きだした。

もちろんなにもなしには瀬名だって口を割らない。だから油断させなければならなかった。『チョロい女』だと思わせて、軽んじさせて、勝利の勢いで口を滑らせなければならなかった。それでこちらも、『切れ味については今宮の特許を侵害してしまっている』というとっておきの真実を漏らしたのだ。

もちろん亜季の独断ではない。

ですよね、北脇《きたわき》さん。

亜季は、柱のそばでスマートフォンをいじっているふりをしている、スーツを着た黒縁眼鏡の男に目を向けた。

上司の北脇である。

片耳にイヤホンをつけていて、こちらの話は全部聞いている。家でかけているという眼鏡の向こうから届く視線はいつにも増して厳しく尖《とが》っているが、亜季の視線に気がつけば小さくうなずいてくれた。

亜季もうなずき返して、瀬名にまた目を向ける。

亜季を信じると言ってくれた北脇とともに今ある情報と疑問を整理したとき、ふたりの頭に浮かんだ起死回生の一手はほぼ同じものだった。

瀬名良平からパテント・トロールが関与している確かな証言を引きだす。

そして経営陣が今宮食品との安易な和解ではなく、訴訟も辞さない徹底抗戦を選ぶ道への望みを繋ぐ。

そのためにこそ、重大な機密を相手がたに明かす許しを会社から得た。

月夜野ドリンクは博打《ばくち》に出たのだ。大事なカードを一枚切ってでも、もっと大切なものを守りにいった。みなの思いが、決断が、亜季の両肩にのしかかっている。

だがそんな重みには一言も触れず、亜季はあくまでビジネスライクに答えを返した。

「お互いさまだよ」

「はあ？」

「月夜野ドリンクは、今回の件に総合発明企画が関与していると知ることができた。そして総合発明企画は、月夜野ドリンクの『緑のお茶屋さん』が今宮食品の特許権を実際侵害してる事実を摑んだ。お互い知りたい情報を得られた。これでビジネスとしてはおあいこ勝ちも負けもない。

「だから今日は、これで終わりにしよう」

恨みっこなし、お互いの所業には目をつむろう。背筋を伸ばして言い切った亜季を、瀬名は斜に構えてせせら笑う。

「ビジネスねえ。よくもまあ、ご立派なことを言うようになったもんだよな」

と思えば、顔を真っ赤にして詰めよった。「いい加減にしろよ、馬鹿にすんじゃねえぞ！　藤崎のくせに！」

無理やりICレコーダーをもぎ取ろうと腕が伸びてきて、息を呑んだときだった。

「瀬名良平さん、手をお引きください。ここでことを荒立てるのは得策ではないのでは？」

上司がふいに歩み寄ってきて、割り入るように声をかけた。とたん、とまりそうになっていた息がどっと胸から送りだされて、亜季は大きく肩を上下させた。

上司は、北脇は、ぎらっとしたビジネススマイルを浮かべて瀬名を見つめている。

「誰だよお前」

「申し遅れました、このような者です」

北脇は慇懃《いんぎん》に名刺をさしだした。月夜野ドリンク知財部課長、北脇雅美《まさよし》。口調は穏やかで、口元は微笑んでいる。だがその視線は液体窒素《ちっそ》より冷たい。

「先だってのお話は、僭越《せんえつ》ながらわたしも聞かせていただきました。藤崎の言うとおり弊社としましては今後、総合発明企画さんが今宮食品さんへ助言なさっているとの認識のもと、対応策を検討する所存です」

北脇の隙《すき》のない話しぶりを前にして、瀬名は一瞬うろたえた。おそらく月夜野ドリンク知財部に対する舐《な》めた見立てが間違っていたのだと瞬時に悟ったのだろう。

だが瀬名はすぐさま立て直した。

慣れた身振りで名刺を渡し返すと、挑むように口角を持ちあげた。

「なるほど、腑《ふ》に落ちました。これは北脇さんが描いた絵なんですね」

「……どのような意味です？」

「藤崎さんはただ、上司の言いなりに動いてただけってことです。まあ、ですよねえ」

ちらと亜季に目を向け笑いを漏らす。

亜季はむっと頬に力を入れた。めちゃくちゃ馬鹿にされている。失礼な。だが『違いま

す』とはっきり言いかえすこともできない。まったく見当違いというわけでもないし……などと悩んでいるうちに、

「そのとおりですよ」

　にっこりと北脇が答えて、亜季は目を剝《む》いた。「上司であるわたしがすべてを計画立案して、藤崎は主体性もなく従っただけ」

「え、北脇さん……」

「そのようにお考えのほうが瀬名さんにとって好都合なのでしたら、それが事実でよろしいのでは？」

　なんだ、と亜季はひそかに胸をなでおろす。北脇は牽制《けんせい》してくれたのだ。

　狡《こす》いプライドを見透かされた瀬名はぐっと声につまる。北脇は畳みかける。

「ですがはっきりと述べさせていただければ、藤崎は非常に優秀な知財部員であり、我々の業務に欠かせない仲間ですよ。なにより得がたい人材です、わたしやあなたの何倍も」

　北脇は瀬名の目を覗きこみ、笑みを深くした。

「それがおわかりにならないのは、たいへん残念なことだ」

　静かな圧に、瀬名は息を吞みこむ。

「というわけで」

すぐに北脇はさらりとした調子に戻って名刺入れをしまった。

「御社との話し合いがどのような席で行われることになるかはまだわかりませんが、どのような場となったとしても、互いに最善を尽くしましょう。追って弊社よりご連絡をさしあげます、それでは」

言うや北脇自身の持っていたＩＣレコーダーの録音を停止して、さっさと離れていく。

「あとは藤崎さん、よろしく」

「え」

「仕事は終わり。瀬名さんに個人的に言いたいことがあればどうぞ」

それで亜季は気がついた。北脇は、亜季が月夜野ドリンク社員としてではなく、亜季個人として瀬名と対峙する時間をくれたのだ。

だったら、と気合いを入れて、亜季は瀬名に向き合った。そうだ、これがこうして言葉を交わす最後の機会だろう。言うべきことは言わなければ。

「瀬名君」

だがそんな亜季を、瀬名はせせら笑った。北脇の前ではなにも言えなくなっていたのに、切り替えたみたいに頭のうしろで腕を組む。

「なるほど、いいねえ女って。ナイト気取りのおっさんに贔屓《ひいき》されて、よしよしって守ってもらえるんだから」

「は？」

「ショックだなあ、藤崎さんも女を利用できるようになっちゃったんだ。藤崎さんだけは、ちゃんと自分の実力で勝負できるタイプだと思ってたのに。まあでもそしたら、あんな、くそ気持ち悪い評価してもらえるわけないか」

なにを言われているのか、亜季はようやく理解した。この男は、北脇が亜季を女だからと甘やかして、実力不相応な評価をくだしていると言いたいのか。それに亜季が甘えて寄りかかっていると。寄りかかるばかりか、率先して『女を利用』して上司を丸めこんでいると。

顔がかっと熱くなる。

恥じらいとかではない、これは怒りだ。

「わたしは実力で勝負してるよ。それに上司も、プライベートとビジネスを完璧に切り分ける人だよ。変な言いがかりをつけるのはやめて」

「うわ、本気で実力を評価してもらってると思ってるの？　それはさらにイタいやつじゃん。藤崎さん、今いくつ？　世の中そんなに甘くないよ？」

「だから――」

「あのおっさんの高評価は、『俺から見た女としての価値』込みでしょ?」

言いかえそうと大きく口をひらいたところで、亜季は声につまった。

北脇から見た、亜季の女としての価値。

そのわずかな動揺を突くように瀬名は言う。

「あれ? 違うって言いかえさないの? もしかして否定できない? したくない? 藤崎さん、あのおっさんが好きなの?」

「やめて」

「ま、人間趣味はいろいろだからなにも言わないけど、だとしたら贅沢《ぜいたく》だなあ。ビジネスの場では百パーセントの実力だけを評価してほしいのに、女としても見てもらいたいの? ほんと女って都合いいな」

言葉が出てこない亜季に、瀬名は和《なご》やかに畳みかける。

「でも一応、男友だちとして忠告してあげよう。あのおっさんはやめといたほうがいい」

「どうでもいいよ、そんな話」

「同じ男だからわかる。ああいう男、藤崎さんみたいなタイプが一番嫌いだよ」

「本当にどうでもいい。興味ない」

どうでもよくないけれどそう言った。絶妙にそれっぽいことを、さも男友だちからの親切な忠告みたいな顔で言うこの男が本当に嫌だ。自分が取り返しのつかないへまをしたと悟って、亜季個人だけでもせめて傷つけてやろうと足掻《あが》いているだけのくせに。

動じるものか。こんな馬鹿げた揺さぶりを真に受けている場合じゃないのだ。

「瀬名君、今さらなにを言っても無駄だから。わたしを攻撃したって、会社の方針にはなんにも影響しないよ」

コンサルとしての瀬名には、当然わかっているはずだ。

「それにわたしもチョロくない。瀬名君が思うようには傷つかないし、褒めたり嘘をついたりしても動かない。するべき仕事をするだけだよ」

「へえ、穢《けが》れちゃったんだねえ」

言うに事欠いて、ここに至っても瀬名は笑い飛ばす。

「仕事のためなら嘘ついて友だちを嵌める、卑怯《ひきょう》な悪者になっちゃったんだ。俺はびっくりしたよ、悲しいよ。昔の、まっすぐで正義感のある藤崎さんが大好きだったのにさ」

亜季の心を揺さぶろうとする。だが亜季はぐっとこらえた。『正義』。そんな単語で突き崩せると思ったら大間違いなのだ。

「なんとでも言えばいいよ。わたしは自分が卑怯だとは思わない。もともと知財の仕事って、狸《たぬき》と狐《きつね》の化かし合いでしょ。法律に則《のっと》ってぎりぎりの駆け引きをしていく。打てる手は全部打って、自分たちの陣地を守っていく。すべてはビジネス。ビジネスに正義と悪はない。そういうものでしょ」

確かに亜季は変わったのかもしれない。自分が信じるものだけ見つめて、猪突猛進《ちょとつもうしん》していくことはもうできない。会社に入って働いて、知財の仕事を始めて、たくさんのひとと関わって、苦しい思いもやりがいも感じて、知識とノウハウを身につけた。経験だって積んだ。もはや感情だけでのジャッジはできない。昔の亜季が掲げていた、自分勝手な決めつけの正義は追いかけられない。

それでも、変わらないものもある。

「――それでもわたしは、自分の中に正義はあると思ってるよ。正しいと信じる仕事を、胸を張ってこなしてる」

誰かの汗と涙の結晶を守りたい。

その気持ちは一度もぶれていない。

「瀬名君だって同じなんじゃないの。今宮食品が得られる対価はもっと多いはずだって信じているからこそ、胸を張って手助けしてるんじゃないの」

同じだと信じたい。それだけは信じていたい。

「だとしたら、もうこういうせせこましい戦いはやめよう。次のステージに行こう。お互いの仕事を、お互いの正義を信じてこなそう」

チョロいとかチョロくないとか、利用したとかされたとかは全部終わり。ビジネスとして対峙するのだ。それ以上でもそれ以下でもない。

半笑いで聞いていた瀬名の口元から笑みが消えた。苛立ちと怒りの入り交じった感情が瞳の奥で一気に膨れあがり、そのまま鋭い視線となって亜季に突き刺さる。

亜季は身じろぎせずに受けとめた。

そしてそれが、最初で最後だった。結局瀬名は、わかったような顔をしてせせら笑った。

「影響されてるわけね。かわいそうにね」

「なんの話」

「絶対うまくいかないよ。恋愛どころか、人間関係もめちゃくちゃになる。月夜野ドリンク知財部はうちに負けて、誰もが責任を誰かになすりつけて、ギスギスして、お互いを大嫌いになる。間違いない」

「……そう」

亜季は心底瀬名に、そして瀬名と関わった自分に失望して、黙って背を向けた。

せめてビジネスの世界のうちでだけはわかりあいたかった。でも叶わないらしい。だったら終わりだ。さよならだ。

北脇は、ひそかに見守っていた他の社員たちのそば、通路の端で待っていた。耳に、自分が持っていたICレコーダーを当てている。ちゃんと録音できているか確認しているらしい。亜季が手元に隠し持っていたマイクの音を拾っていたイヤホンは、もう耳から外れていた。それでも亜季と瀬名の会話は、トラブル防止のために最後まで聞いていたはずだ。

つまり。

「お疲れさま」

亜季はなにを言っていいかわからなくなった。

「北脇さん、あの」

しかし北脇はなにごともなかったように、淡々《たんたん》と亜季を促した。

「うまくいってよかったよ。さ、早く東京本社に戻ろう。会議まで時間がないし、熊井さんが待ってる」

そうだ、今は別のことを考えている場合じゃない。

亜季は息を深く吸いこんで、頭を切り替えた。

「社長たち、徹底抗戦策に乗ってくれるでしょうか?」

「すくなくとも藤崎さんが頑張ってくれたおかげで経営陣に聞かせる証拠としては充分な

ものが用意できたな」

「じゃあ、あとは理屈を揃《そろ》えて、会議に臨むだけですね。資料作りはわたしに任せてください」

「よろしく。会議は熊井さんと僕に任せてくれ。藤崎さんの努力は必ず生かすから」

お願いします、と亜季はうなずいた。

＊

「――一部お聞き苦しい点があったかと思いますが、以上が総合発明企画の瀬名良平氏の発言録音となります。本件への、総合発明企画の関与の可能性につきまして、充分にご納得いただけたかと」

北脇は、録音を聞き終わった経営陣と部長らを見回した。

「そして」

と畳みかける。

「我が社の知財部員である藤崎亜季さんへの疑惑が、すくなくとも瀬名氏との共謀という形では成立しえないこともご理解いただけたと思います」

会議室は沈黙している。みななかなか言葉が出てこない。知財部がこのような手段に出ること自体は事前に社内でコンセンサスが取れていた。もちろん懸念も反対意見も出たが、最終的には社長がゴーサインを出したのだ。そしてめでたく知財部の思惑どおり、パテント・トロールの関与はほぼ確実なものとなった。

だが実際録音を聞くまで、その証拠というのが個人攻撃の含まれた、生々しい内容だとは誰も考えていなかった。後半の瀬名の物言いは藤崎亜季の尊厳を傷つけるものだったので、北脇と熊井は録音の前半、北脇が介入する部分よりまえまでしか公開しなかったが、それでも瀬名が月夜野ドリンクおよびその知財部、そして藤崎亜季を信じがたいくらい侮《あなど》っているのは充分伝わる。これは一介の社員が、自らにかけられた疑惑を逆手《さかて》にとって、個人的な関係性を犠牲にしてでも、会社の名誉のためにもぎ取ってきた覚悟の録音データなのだ。

その生々しさに圧倒されている人々の中で、まず口をひらいたのは常務の猪頭《いのがしら》だった。

「……パテント・トロールが、今宮食品を扇動する形で今回の件に関わっているのは疑いがなさそうね。我々はその前提で対応策を考える必要がある」

にしても、と小さく息をついた。

「藤崎さんはあんなに馬鹿にされてよく耐えたと思う。ちゃんとフォローしてあげておいてね」

「ご心配なく」

北脇は被せるように答えた。この会議が終わったらすぐ、誰に言われなくてもフォローする。正直瀬名の攻撃のえげつなさにはらわたが煮えくり返っているが、そのままの感情を露にするつもりはない。スマートに、これ以上部下が傷つかないように、上司として声をかける。瀬名の個人攻撃にはなんら真実はなく、正しくビジネスの相棒として、心から信頼しているのだと伝える。

それはつまり北脇自身が、ごくごくプライベートな領域に関わる、ささやかで、かつ重大な願望を諦めざるをえないことと同義だが――致し方ないのだろう。もとより望みは薄く、儚《はかな》い夢だったのだ。

それよりも。

北脇は、この機を逃すまいと口をひらいた。

「それは、藤崎さんへの疑いは晴れたという発言だと捉《とら》えてよろしいでしょうか」

言質《げんち》がほしい。この胸糞《むなくそ》悪い疑惑など、早く片づけてしまいたい。

と、猪頭はあっさりと断言した。

「ええ。わたしは彼女は潔白と考えています」

息を呑んだ北脇の前で、ですよねえ、と企画部長の板東《ばんどう》も続く。

「瀬名ってやつ、藤崎さんを嵌めようとしてたもんねえ。どうせ前回もあんな感じで嵌めにかかったけど、うまくいかなかった。それで今回こそって思ったんでしょ。なんか、ビビッとこない男だなあ」

うなずきながら、北脇はすばやく他の参加者の顔色を確認した。猪頭と板東の意見に、表だって異を唱える人間はいない。であれば、ほぼ藤崎亜季への疑惑はクリアになったとみなしてよいはずだ。

黙っている社長の増田へ目を向ければ、増田も小さく首肯した。

「藤崎さん、別室で待機してるんだっけ？　誰か疑いは晴れたって伝えてやって」

ではわたしが、とかつての上司である水口《みずぐち》が席を立つ。ここに至って、北脇はようやく胸をなでおろした。すくなくとも博打に挑んだ甲斐《かい》はあったのだ。目的の半分は達成された。彼女が心を痛めて悪役に徹した意味はあった。

ならば、残りの半分だってもぎ取らなければ。

増田を見つめて問いかける。

「本件へのパテント・トロール、総合発明企画の関与につきましても、可能性が極めて高いとお考えいただけますか」

「だろうね。総合発明企画が裏で手を引いてるのは、ほぼ間違いないだろう」

と増田は『緑のお茶屋さん』を手に遠い目をした。

「しかしパテント・トロールってのはひどい手を使うもんだな。知財の世界の論理では悪質とは言えないやり方を、さも世紀の非道のように喧伝《けんでん》して、黙ってほしいのなら金を寄こせと脅《おど》すわけか。知財部の言うとおり、ここで屈すればいいカモだと狙われ続けることになるだろうな」

「それでは――」

「だけどね」

と増田は釘《くぎ》を刺す。

「パテント・トロールのやり口をわかったうえで、どういう経営判断をくだすかは、また別の問題だよ。もしここで徹底抗戦を選べば、カモにはならないかもしれない。だがきっと訴訟沙汰《ざた》になる。そうでしょう」

「今宮側と、協議自体はするつもりです。とはいえこちらが退かなければ両者の主張は平行線を辿《たど》り、結果訴訟に至る可能性が高いのは事実です」

「訴訟で勝つには、相手の特許を無効にしなきゃいけない。でも君は言ってたよね。必ず無効にできるわけじゃないって。絶対に勝てるとは限らないって」

「……それはそのとおりです」

「そもそもですが」

分厚い手帳を手に、販売部長が硬く切りだした。「今回知財部が瀬名氏相手にとった行動は、我々の不利を招いてしまったのではないですか」

「不利とは」

「パテント・トロールが関わっていると明白になったのはよかったですよ。そういうなんというかハイエナみたいな企業に攻撃されたんだと知れば、うちの部員たちもすこしは納得できるでしょう。すくなくとも知財部から情報が漏れたわけじゃなく、仲間内にも裏切り者はおそらくいないと判明したのもよかった。とはいえ今回知財部は、瀬名氏を騙し討ちにした」

「さきに仕掛けたのは瀬名氏ですよ。瀬名氏本人は逆恨みするかもしれませんが、訴訟ともなれば、総合発明企画の代表である田崎がコントロールするでしょう。藤崎さんが録音中で発言したとおり、我々は互いに相手の情報を得たわけですから、ある意味痛み分け。ビジネスに大きな悪影響が出るとは思いません」

「いえ、まさにそこですよ。あなたがたは、パテント・トロールに情報を渡してしまったではないですか」

「お茶の苦みの『切れ味』と『コク』の向上に関する今宮の『苦み特許』に含まれる権利のうち、大枠の『切れ味』を向上させる技術については確かに侵害している。そう明かしてしまった件を指していらっしゃる？」

「そうです。向こうさんは、うちが侵害している証拠を持っていなかった。今まではグレーだったわけです。でもあの証言で、我々が確かにブラックだと知ってしまった。より強硬な手段に出るに違いないし、そもそも侵害してるだなんて情報を摑まれたら、訴訟だって不利になるんじゃないんですか」

販売部長の懸念はわかる。だが北脇は、はっきりと答えた。

「いいえ。今回明かした情報が、協議や訴訟の行方を左右する可能性は極めて低いです」

「うちに不利な情報なのに？」

「そもそも、不利な情報ではありません。なぜなら現時点で『切れ味』に関する発明を侵害していようがいまいが、最終的には問題にならない、我々はそう見ているからです」

「どういうこと」

「切れ味についての発明は、無効にできる可能性がかなり高いです。我々が侵害している事実自体が消滅します」

顔をしかめている面々を穏やかに見渡して、熊井が説明を引き取った。

「今宮食品の『苦み特許』において我々が侵害している要素、つまり訴訟となったときの争点はふたつあります。ご説明しましょう」

北脇は用意してきた資料をプロジェクタでスクリーンに映した。簡潔《かんけつ》に、しかし過不足なく要素が並べられた優れた資料は、瀬名から録音データを手に入れたあと、藤崎亜季が作成したものだった。

「特許ではまず、コアな技術要素を用いて権利範囲を規定します」

そのほうがより広い権利を取得できて、かつ他社が回避しにくい強い特許となるのだと熊井は語る。

「今回ですと『切れ味』を向上させる製造プロセスが、最もシンプルな、つまり最も範囲の広い大枠の権利になります」

資料上に、『切れ味』についての大きな円が表示される。続いてその中に含まれるように、ひとつの小さな円が浮かびあがった。

「そしてこの大枠の中でよりよい効果が得られるものについては、さらに技術要素を加えて限定して、また別に権利化ができます。今回ですとこの」

と熊井は小さな円の中に書かれた、『切れ味』と『コク』の文字を指した。

「『切れ味』と『コク』を共に向上させる製造プロセスに相当します。こちらはご覧のように、大枠の『切れ味』に関する製造プロセスの下位概念にあたりますが、特許の中では別個に権利化されていますので、独立に協議や審理の対象になります」

そして、と熊井は、資料の下方へポインタを動かした。

「『緑のお茶屋さん』はこのふたつの権利範囲、どちらも侵害してしまっているのですが、今回パテント・トロールに渡した情報である『切れ味』のほうに関しては、無効にできる強力な証拠がすでに揃えられています」

熊井が指したさきにはこうはっきりと書いてある。


先行文献が存在するため、新規性は喪失している。


そう、侵害してしまっているふたつの発明のうち、『切れ味』に関するほうは、『新規性の喪失』を証明できる強力な証拠が押さえられている。今宮食品の出願よりも早く出版された書籍に、まったく同じ製造プロセスがはっきりと記載されているのだ。

藤崎亜季は瀬名良平に、上層部が証拠探しを渋っているように告げた。だが実際は北脇がとっくの昔に先行文献を見つけていざというときのために保管していたし、裁判に至ったとしても無効の主張としてきちんと機能するというお墨付《すみつ》きである無効鑑定も、複数の専門家から得ている。

「つまりね、大枠の『切れ味』に関する部分については、特許権はまず間違いなく無効になるし、どう転んでも我々が有利だ。侵害していると相手がたに知られようと影響はないし、情報としてもほとんど価値がないものってことなんですよ」

製品開発部部長の高梨《たかなし》が付け加えた言葉に、そのとおりと熊井はうなずいた。

「もちろんこの事実を先方に明かすと、一般消費者に対して、我々が侵害を認めたなどと喧伝されるリスクがないとはいえません。ですが今宮食品はすでに我々の侵害を事実そのものとして拡散していましたから、不正競争防止法の観点に照らしても、今さら知ったかのようには言えないはずです」

「イメージ毀損《きそん》の攻撃にもほぼ影響はなしと」

「ええ」

だからこそ熊井も増田も、この重要な機密情報と引き換えに瀬名の関与の証拠を獲《と》りにいくという、北脇と藤崎亜季の突拍子もない提案に乗ってくれたのだ。その責任を引き受けてくれた。

「ということは、だ」

その両肩に部員の苦しみを背負った販売部長が、『切れ味』と『コク』のふたつの項目が並ぶ小さな円を見あげては懸命にメモをとる。

「もしいざ、万が一ですよ、訴訟になったとするとだ。勝敗の行方を決めるのは情報が漏れてしまった『切れ味』を単に向上させる技術じゃなくて、『切れ味』と『コク』を同時に高める技術の侵害ということですか」

「そうなるかと」

と熊井が答えた。

「そしてそちらは、『切れ味』ほど単純な戦いにはなりません。『切れ味』は新規性の喪失、つまり新しくないので特許に相応《ふさわ》しくないというロジックで無効を勝ち取れるでしょうが、『切れ味とコク』のほうは新規性ではなく、進歩性を争うことになるでしょう」

「進歩性」

「特許とは、従来技術に比べて新しい『だけ』ではだめで、必ず発想のジャンプが必要なんです」

すでにある技術をただ組み合わせただけでは、特許に値《あたい》する発明とはみなされない。簡単に思いつけないからこそ強力な権利で保護するべきだとして、特許権が付与されるのだ。それが『進歩性』という概念だ。

「ですから『切れ味とコク』に対しては、発想の飛躍がないと証明して無効を勝ち取ることになります。具体的には、先行する文献ふたつを組み合わせれば、この『切れ味とコク』に関する発明は容易に思いつけるはずと主張して、その主張が裁判所なり特許庁なりに認められれば、我々の勝利です」

「なるほど」

うなずく販売部長の向かいから、戻ってきた水口が冷静に口を挟んだ。

「ですが、進歩性で争うとなると裁判の行方は読めなくなりますね。先行文献が存在すればほぼ確実に無効になる新規性と違って、進歩性なしが認められるかは、裁判官の考え方や判断に左右されるものなのでしょう」

「……そうなります」

痛いところを突いているが、水口の指摘はまったくもって正しかった。訴訟に突入すれば、間違いなく今宮食品と月夜野ドリンクは、この『切れ味とコク』に関する要素に進歩性があるかどうかについて、対立した主張を繰り広げることになる。

そして、どちらが勝つかは、蓋《ふた》をあけてみなければわからない。水口の言うとおり、進歩性のあるなしは、最終的にはジャッジする人間の考え方や時勢、最近の判例の流れなどに強く影響を受けるからだ。

「もちろん我々知財部は、無効になる勝算はそれなりにあると考えています」

「でも、絶対じゃない。裁判官の判断によっては負ける可能性もあるってことでしょう」

販売部長の眉間《みけん》には、再び皺《しわ》が寄っていく。

「可能性としては否定できません。実際裁判が起こったときどのように進行していくかは、このような知財紛争にかかわらず断言できないものです」

「それは困るよ。会社の未来がかかってるんだ」

販売部長の口から思わず本音がこぼれ落ちる。それは、この場の大多数が共有する感情でもあった。誰しも好き好んで莫大な和解金など払いたくはないのだ。パテント・トロールにしてやられるのなんて心情としては許せない。だがビジネスとして最悪なのは、訴訟に突入して、そして負けること。

空気が澱《よど》む。北脇も呑まれたようになって、口の端に力を入れた。言葉が出てこない。いくらでも反論は思いつくのに、どれが今のこの場に最適なのかがわからない。頭の中ですべてが渋滞して、正しいものが引きだせない。

だが。

「もしかしたら負けるかもしれない、それは事実です。しかしその可能性を呑みこんでも、それでも我々知財部は、ここで和解金を払ってはならないと主張します」

熊井は誠実な口調はそのままに、直截《ちょくせつ》に口にした。そうでしょ北脇君、とでも言うように北脇に目を向ける。

はっとして、背を押されたような気になって、北脇は口をひらいた。

「熊井さんの言うとおりです。確かに訴訟の行方は読めません。ですが今一度思い起こしていただきたいのは、相手がパテント・トロールであるという事実、そしてパテント・トロールとはたとえ侵害の確証がなかろうと、このような騒ぎを起こしうるのだという事実です。だからこそ我々は、容易に屈してはなりません」

わかってるよ、と販売部長は眉をひそめる。

「ここで屈したが最後、うちの会社はカモ認定される。何度だって難癖をつけられて、騒ぎを起こされるってやつだろう。それはもうさっきも昨日も一昨日も聞いたよ」

「何度でも主張します。大切なことです」

「そうね。だけど北脇さん、重要な前提が抜けてる。カモにされるには会社が存続していなきゃいけないでしょ。でももし今回訴訟に負けたら、カモにされる以前にこの会社は傾くかもしれない」

「目先の安定をとれば、必ず足を掬《すく》われますよ」

「リスクがない道なんてないだろ。結局はバランス。今リスクをとるか、あとでリスクをとるか」

「しかし――」

「そもそも現状、我が社は多大なリスクを背負っているだろうが。世論を見渡してご覧なさいよ、みんなうちが悪いと思っている。これは致命的だろう」

「ならば世論が間違っています。本来特許紛争に善悪はなく――」

「そんなの関係ないんだよ！　どれだけ専門家が間違っていると言ったって、実際間違っていたって知ったこっちゃない。世間の考えがすべてだ、それが正解なんだ、正しいんだと思わなくちゃ、この商売はやっていけないんだよ！」

「最後まで聞いてください」

北脇は身を乗りだして声を張った。

「特許紛争には、基本的に善悪はありません。我々は法を犯しているわけではないし、倫理的にもやましいところはいっさいない。その事実を我々までもが忘れてはなりません」

胸を張り続けなければならない。

誰よりなにより、まずは北脇がぶれてはならないのだ。

「その前提のうえで、今回パテント・トロールは世間を味方につけました。我々を悪と位置づけるのに成功しました。ならばどうするか。わかりやすい悪がいなければ世間が納得しないのなら、我々にできることはひとつです。善悪の印象をはっきりとひっくり返す。

それしか手はありません。そうではないですか」

　会議室を見回す。静まりかえった人々の顔を眺め渡す。

「そして善悪をひっくり返す唯一の方法とは、我々が屈せずに徹底抗戦の姿勢を見せることではないですか。このような危機にこそ、企業の姿勢ははっきりと表れます。月夜野ドリンクという、誠実に、真面目に製品を開発してきたメーカーの信念とはなんですか。今こそ動じず、我々のぶれない信念を世に掲げるべきではないのですか」

「なかなか君も言うようになったな」

　増田が冗談のようにつぶやき苦笑する。だがその声音《こわね》は、呆れはてているというわけでもなかった。

「君の熱い思いはよくわかったよ。僕としても共鳴するところはおおいにある。だからこそあえて訊くけど、もし訴訟に至って、言い訳できないレベルで負けたとしたら、君はいったいどうするの」

「責任はとります」

「君が全責任をとるのは不可能だ」

「とり得る責任はすべて引き受けます。わたしが泥を被るので、どう処分してくださっても構いません」

「ひとりで被るっていうの」

「ええ」

なるほど、と増田は目を細めた。

「いざとなれば親会社に戻ればいいから気楽なのかな」

「そうではありません。月夜野ドリンクと商品、そして月夜野ドリンク知財部を守るためには、それが最善だからです」

訴訟に負けたとき、社内で矢面《やおもて》に立つのは知財部だ。だが北脇としては認めがたかった。責められるのは自分だけでいい。熊井と藤崎亜季の居場所がなくなっては困る。社内にも悪とみなすべき人間が必要だというのなら、俺がそれを引き受ける。

「なるほど。仲間を守りたいというわけか」

増田はもったいぶったように手を組みかえて、熊井に視線を移した。

「だそうだ。どう思う、知財部長」

熊井はにこやかに答えた。

「承服しかねますね」

北脇はつい隣の上司に目をやった。その無言の訴えをよそに、熊井はいつもどおりの口調で続ける。

「北脇君に全部の責任を負ってもらうというのは、もちろんできません。わたしは知財部長で、彼の上長《じょうちょう》なのですから、当然責任はまずわたしにあります」

「ですが熊井さん――」

「北脇君」と熊井は口元に笑みを浮かべて、有無を言わせない声で続けた。

「気遣ってくれてありがとう。でも舐めてもらっちゃ困るけど、僕にもそのくらいの覚悟はあるよ。僕だけじゃない、いざというときはそれぞれの職責に応じて責任をとる覚悟は、全知財部員にある。君の主張は、君だけの主張じゃない。僕の主張で、藤崎君の主張なんだ。わかってるでしょ」

北脇は言葉もなかった。

そうだ、本当はわかっている。ことが失敗に終わったとき、全責任を被りたいなどというのはけじめでもなんでもない。単なる逃げだ。責めを引き受けることですくなくとも、熊井と藤崎亜季には感謝される、自分は役に立ったのだと思いこめる。だから先回りして逃げを打っているのだ。

だが企業の責任など、北脇ひとりで背負えるものではない。北脇が失敗すれば、否《いや》が応《おう》にも熊井も藤崎亜季も巻きこむことになる。月夜野ドリンクのすべての社員と、その大切な人々にも多大なる影響を及ぼすだろう。

　だからこそ、増田は北脇へ問いかける。

「君は覚悟できるの？」

　お前は、みなを巻きこむ覚悟があるのか。

　北脇は息をとめた。そして深く頭をさげた。

「よろしくお願いします」

　悪者になれるのなら、喜んで引き受けよう。だがそれでも足りないときは、どうか、道連れになってほしい。みなも覚悟を決めてほしい。

「……わかった」

　増田は、『緑のお茶屋さん』を手に取った。一口飲んで、再び口をひらく。

「ではこれからは、知財部の主張は僕の主張でもある。やれるところまでやってみるしかない。こうなったらもう前のめりだ。どうでしょうか、みなさん」

　増田の決意に、周囲はざわついた。月夜野ドリンクはまっとうな組織だから、社長の鶴《つる》の一声がすべてではない。だが議論の行方には大きく影響する。

　と、猪頭が、

「わかりました」

　と先陣を切った。

「販売部や営業部、広報には負担をかけてしまうけれど、粛々《しゅくしゅく》とやりましょう。とにかく今回、法的にはもちろん、倫理的にだって間違ってるわけじゃないんだから、そこを丁寧に頑固に主張していけば、風向きは意外に簡単に変わったりするかもしれない」

「もちろん全社をあげてフォローする。当然のことだよ」

と木下《きのした》も同調する。周りの常務もうなずいた。

「昔ほどひとつの意見に流される時代でもないですし、現にSNSなどでは少数意見ですが、今宮食品のふるまいに疑問を投げかける投稿も見られるようになってきましたよ」

「というか僕は、あの瀬名とかいう男に和解金の大半を持っていかれるのが個人的に嫌だな。納得できない。結局儲《もう》かるのはウチでも今宮でもなく、あいつなんだから。だったらもう、司法の場ではっきりさせちゃえばって感じだよ」

板東が言えば、「それはあるなあ」と高梨も苦い顔で腕を組む。

「どうだろう」と話を向けられた販売部長も、ゆっくりとうなずいた。

「知財部がそれほど覚悟してくれているというのなら、我々ももうひと踏ん張りするつもりはもちろんあります」

営業部長も、他の参加者の面々も賛同する。

信じがたい思いで北脇は顔をあげた。さきほどまで澱んでいた空気は、いまや大きく入れ替わっている。

「どう、なにか意見ある？」

「いえ」

北脇は首を振って、もう一度頭をさげた。「ありがとうございます」

「まあ僕らも馬鹿じゃないから、昨日の時点で、もし確かにパテント・トロールが関与していたらと各々《おのおの》が考えて、それなりの覚悟を決めていたんだよ。残るはエビデンスと『あと一押し』だったけど、君たちはちゃんと持ってきてくれた」

「あと一押しとは」

「こちらが『乗ってやってもいい、責任を一緒に背負ってもいい』って思えるような熱意だ」

「……藤崎さんが頑張ってくれました」

「そうだね。でも熊井さんも頼もしかったし、それに北脇さん、君もなかなか熱かったな」

それも藤崎亜季がもたらした成果なのだと北脇は言いたかった。すべて彼女が成し遂げた。以前の北脇ならば、とても今ここで、みなが望んだ熱意をさらけ出すことなどできなかった。

「それに君は、いい架け橋になってくれたよ」

増田は『緑のお茶屋さん』を手に続ける。

「架け橋、ですか」

意図がわからないでいると、実はね、と増田はにやりとした。

「昨日熊井さんと一緒に、君の会社——上毛《じようもう》高分子化学工業に伺って、井槌《いづち》会長にお会いしてきたんだよ。もしかしたら訴訟になるかもしれないから、その説明に」

つい熊井に目を向けると、熊井はにこにことしている。そうか、と北脇はここに至って悟った。北脇と藤崎亜季が決意を固めているとき、熊井と社長もまた腹を決めていたのだ。

「井槌会長は僕らの立場をよくご理解くださっていたし、訴訟に至った場合は支援するとも約束してくださった。それ以上にね、君の存在を喜んでいたよ」

「わたしを？」

「会長はこう仰《おつしや》っていた」

昔を思いだしますね、増田さん。そう井槌は語りかけてきたという。

——月夜野ドリンクが我が社と提携したころ、化学企業の関連会社の飲料メーカーなんて、と世間の評判は散々でした。なにを飲ませられるんだろうって。ですが増田さんがたは、我々の製品である人工香料を使った大ヒット商品を出して、その批判を見事黙らせた。

「あのころ香料が橋渡しして築いた両社の協力と信頼関係を、今度は物ではなく、北脇という我が社の人間が担《にな》っている。これほど嬉《うれ》しいことはない、って」

「……はい」

「君が熱い気持ちを見せてくれたから、僕も格好いいことを言わせてもらうけどね。僕も井槌会長と、まったく同感だよ」

北脇はなにも言えなかった。こんなふうに言ってもらえる日が来るとは考えてもいなかった。それに橋を架けたのは北脇ではない。懸命に繋いできたのは、北脇の周囲の人々だ。熊井や技術者の面々や、月夜野ドリンクの社員たちだ。

藤崎亜季だ。

だからこそ、と北脇はあらためて決意した。

正々堂々と勝ちにいく。だがもし、万が一、情勢が厳しくなってしまったら、そのときは法に背かない範囲で、考え得るすべての手段を使う。

この勝負だけは、けっして負けられないのだ。

＊

ドアノブが動いて扉がひらく音がした。空っぽの会議室の隅《すみ》で両手を握りしめて座っていた亜季は、はっと振り返った。

「北脇さん！　……どうなりましたか？」

黒のバインダを小脇に抱えて入ってきた北脇は、自身への疑惑が晴れたというのに相変わらず固唾《かたず》を呑んでいる亜季を見て、ちょっと頬を緩めたように見えた。

「今宮食品と協議はする。でもあくまで我々の主張を伝えるためで、あちらの和解案をそのまま呑みはしない。決裂して訴訟に向かうのなら受けて立つ。そういう方針に決まった。今熊井さんたちが、具体的な方向性について協議してるよ」

「それはつまり……わたしたちの考えが、通ったってことですか」

「藤崎さんのおかげだよ。ありがとう」

そのほっとしたような、気遣うような声を聞いたとたん、緊張がほろほろと崩れていった。そうか、よかった。主張は受けいれてもらえたのだ。努力は実った。

「大変な仕事を引き受けてくれてありがたかったとみんな言っていた。もちろん僕も感謝してる」

「そんな、お礼を言うのはわたしのほうです！　北脇さんが戻ってきてくれたおかげですよ。わたしの疑いまで晴らしてくれて、感謝してもしきれません」

亜季は正直、瀬名からパテント・トロールの関与の証拠を聞きだせて、会社が救えれば自分のことはどうでもよかったのだ。瀬名に足を引っかけられたのは自分のせいだし、それに正直ことが大きすぎて、自分自身の保身なんてところまで頭が回らなかった。

　でも北脇はそうじゃなかった。昨夜合流してから瀬名に会うまで、ほとんど夜を徹して亜季の疑いが晴れる会話の持っていきかたをずっと考えてくれていた。いざ瀬名に会いに行くときだって、自分の潔白も証明できるような話運びをするようにと口を酸っぱくして忠告してくれた。

　本当、よい上司だ。

「別に感謝されることじゃない。これから忙しくなるのに人手が足りないと困るでしょ。藤崎さんには可及的速やかに業務に復帰して、馬車馬のように働いてもらわないと」

　冗談のように言うので、亜季も笑って返した。

「望むところです。がんがん働くので、またよろしくお願いしますね！」

　北脇はこの一件が片づくまで、再び月夜野ドリンクに勤務するのだという。つまり三度、上司と部下の関係が結ばれるというわけだ。

　それが嬉しくて、すこし寂しい。昨日までなら、胸の中は百パーセントの嬉しいで占められたに違いないから、人間というのは欲深いな、なんて思ってしまう。

「まあ、とりあえずはちょっと休もう。ここのところ働きづめでしょ」

僕も疲れた、と北脇はびっくりするくらい素直に言って、向かいの椅子《いす》に腰掛けた。

鞄《かばん》を漁っていたかと思うと、ふいに菓子の小袋をさしだす。

「はいこれどうぞ。まずは、余計な心配をさせたお詫《わ》び」

ラスクである。

「わたし、なにか心配しましたっけ」

「藤崎さん、本当は僕がこの件に関わるの嫌だったんでしょ」

……それか。

「いえそうじゃなくて、ただわたしは」

焦った亜季を、「わかってる」と北脇は制した。

「僕が背負えもしない全責任を被ってみっともない姿を晒《さら》すんじゃないかって心配してたって聞いたよ。そんなふうに思わせて悪かった」

「違います、そうじゃなくて北脇さん、自分だけ悪者になろうとするじゃないですか。それは嫌なんです。だから――」

「大丈夫。今回の件は、僕ひとりで責任がとれるものじゃない。ちゃんとわかってる。申し訳ないけど、月夜野ドリンクのみなさんにも覚悟してもらうことになるし、万が一のときには、知財部は針の筵《むしろ》に座らされるかもしれない。もちろん、なるべくそうならないように努めるけれど」

　そういう話か。亜季はかえってほっとして、肩の力を抜いて、さしだされたラスクを受けとった。

「大丈夫です、すくなくともわたしは、覚悟はできてますから」

　受けて立とう。もしなにもかもがうまくいかなかったとしても、逃げも隠れもしない。誰かを責めない、悪役にもしない。懸命な努力の結果を、あとから無意味だったと断罪したくない。

「なので全然巻きこんでください。むしろわたしも一緒に責任をとりたいんです」

　平社員には平社員なりの責任のとり方がある。信念もある。勝負に負けたとしても、社内で、知財部の中で戦犯を押しつけるような、瀬名が言ったような悲しい末路は辿りたくない。

「だけど」

　と北脇は口にしようとして、取りやめる。結局「頼もしいな」と笑って亜季から目を逸らした。

「藤崎さんの決意は受けとっておくよ。にしても、今回は本当にお疲れさまだった。瀬名良平、あそこまで終わってる人間だとは思わなかった」

「……ほんとですよね。大学のときは、もうちょっとまともだった気がするんですが」

確かにかつても手ひどく傷つけられた。とはいえあれほどまでに人を利用しようとしたり、弱みにつけこんでいいように動かそうとしたりはしなかった気がするが、思い出補正だろうか。

「良くも悪くも人間は変わるものだからな。でもおかげで吹っ切れたんじゃないの」

「それはもう。はい、完全に」

亜季は大きくうなずいた。亜季は別にチョロくはないし、利用されるばかりでもない。ビジネスであろうと、瀬名と道が交わらないのは重々理解した。遠くの星の人なのだ。だとすれば、もはやなにを言われようと気にならない。

ごくごく一部の事柄を除いては。

「そりゃよかった」

軽く言った北脇は、鞄の整理をしている。亜季はしばし逡巡《しゅんじゅん》してから、思い切って切りだした。

「あの、北脇さん」

「なに？」

「瀬名君の前でフォローしてくださって、ありがとうございました」

「僕はなにもしてないよ。藤崎さんはひとりでしっかり情報を引きだしてくれたでしょ」

「いえでもその、わたしがうまく言いかえせないところもあったじゃないですか。北脇さんが、その、言いかえしてくれて。不相応なくらいにわたしを評価してくれて。それから」

瀬名の声が頭の中に降ってくる。

——あのおっさんの高評価は、『俺から見た女としての価値』込みでしょ？

——藤崎さん、あのおっさんが好きなの？

——ビジネスの場では百パーセントの実力だけを評価してほしいのに、女としても見てもらいたいの？

「あの、北脇さん、わたしは」

わたしは。

言葉を探しだせないうちに北脇は急に立ちあがり、ラスクを亜季に突きだした。

「どうぞ」

「……さっきもらいましたよ」

「あれはお詫び。これは上司として、仕事を頑張った藤崎さんへの感謝の印」

「上司として」

そう、と北脇は感情の窺えない顔でうなずいた。

「瀬名良平が苦し紛れに口にした馬鹿げたもろもろは忘れていい。そもそも僕の発言には誇張も嘘もない。僕は会社人として、部下として、同僚として、知財部員としての藤崎さんの勤勉さと、あらゆる意味でのバランスのよさと、諦めないガッツを評価しているし、その意味で藤崎さんは僕や瀬名良平よりもはるかに得がたい人材だと考えている。という前提のうえで、ここではっきりさせておきたい」

北脇は、亜季を瞬《まばた》きもせずに見つめている。

「僕は、藤崎さんにプライベートな意味でなにか思うところはいっさいない。プラスもマイナスもない。当然仕事の評価に、私情はひとつたりとも挟まれていない。百パーセントビジネスだから。だから――」

亜季は唇を引き結んだ。上司が言わんとしていることを理解した。

「だから、自信を持ってほしい」

ラスクをさしだす手は揺るがない。思いやりに溢《あふ》れていて、どこか突き放している。

亜季は大きく息を吸いこんだ。言いたいことを全部呑みこんで、うなずいて、ラスクを受けとった。口の端に力を入れて、口元だけでも笑みを作った。

「ありがとうございます」

これは望んでいた決着だ。北脇は亜季を色眼鏡では見ていない。信頼のおける仲間だと心から思ってくれている。理解して、評価してくれている。

それが嬉しい。

なのに。

バインダを手に再び出ていく上司を見送って、ひとり背もたれに頭を預ける。

ラスクを噛みしめた拍子に、涙がぽろぽろとこぼれた。

＊

漫画の登場人物のようにあちゃーと額《ひたい》に手を当てる総合発明企画代表・田崎の前で、瀬名はひたすら頭をさげていた。

「なるほど。月夜野さんをかえって頑《かたく》なにさせちゃったかあ。ちょーっとスタンドプレーだったかもなあ」

「すみません。侵害の確証を得られれば、和解協議も有利にことが運ぶかと考えまして。拙速《せっそく》でした」

「いやいいんだよ」

と田崎は腕を伸ばして、ソファテーブル越しに瀬名の肩をばんばんと叩く。

「若者はトライしてなんぼ。ナイストライだよ。次に生かしてくれればそれでいい。君には期待してるんだから」

「……申し訳ありません」

「そんな小さくならなくたっていいんだって、次、同じことを、しなければ、ね」

言葉に合わせて肩を叩いた田崎は、笑みを揺らがさず尋ねた。

「それで？」

「……と言いますと」

「相手さんの戦略は、どんな感じに見えた。せっかくあちらの担当者さんに会ったんだから、せめてその程度はリサーチ済みなんでしょ」

瀬名は慌《あわ》ててタブレットに手をやる。

「月夜野ドリンクは、『切れ味』についてはほぼ間違いなく侵害しているようです。ただ、あれだけはっきり認めたとなると」

「向こうさんも『切れ味』に関係する請求項《クレーム》を無効にする先行文献は、すでに押さえてるってわけだな。勝てると思ってるから、言っても支障がないから言っただけ」

「……はい」

藤崎亜季は、『経営陣は今から先行文献調査をする気がない』などと言っていたが、あれは言葉の綾《あや》だったのだ。あの抜け目がなさそうな藤崎亜季の上司がとっくの昔に調査を終えているからこそ、『今からはしない』と詭弁《きべん》を弄《ろう》したのだ。

あの上司を見るに、おそらく月夜野ドリンクはそれなりの知財戦略をとっている。侵害に気づいていなかったわけではなく、たとえ今宮と揉めたとしても、先行文献があるから問題なしとあえて放置していたのだろう。

苛立ちが膨らみ、チクチクと身体の裏側を刺していく。

「とすると勝敗は、『切れ味とコク』に関する従属項に集約されるなあ。どうだろう、こちらに関しては月夜野さん、実際侵害してそうな感じ？　それに関してのデータある？」

月夜野の知財部員から聞きだせた？」

「聞きだせはしなかったのですが」

と瀬名は焦りを抑えてタブレット上でページをめくった。「ですがご心配なく。今宮の技術者の聞き取りや製品の分析からは、侵害の確度《かくど》は高めです」

藤崎亜季はそちらについてはいっさい口にしなかった。それもあちらの作戦どおりで、瀬名は踊らされたのだ。

だが構うものか。そもそも月夜野ドリンクが侵害している可能性が高いのは、はじめからわかっている。

しかし胸を張った瀬名を待っていたのは、田崎の薄ら笑いだった。

「そう、戦える証拠は最初から揃ってたわけ。そのうえ『切れ味とコク』に関しては、進歩性の有無を争うことになる。つまり、どちらに勝ちが転がりこむかわからない勝負だ。知財部は置いといても、月夜野の上層部は嫌がっていただろうねえ。さっさと折れたかもしれなかったのに。君が自分のプライドかわいさに意味わかんない手にさえ出なければ」

明るい口調はいっさい変わらないが、目は笑っていない。

瀬名は身を強《こわ》ばらせた。

そうだ、これは、パテント・トロールなどとあしざまに呼ばれる組織を率いて成長させてきた男。人懐こい明るさや、大仰な身振りに惑わされると痛い目を見る。田崎はすべてを理解している。理解のうえで演じている。冷徹な計算を張り巡らせている。

「……申し訳ありません」

「謝ったって仕方ないでしょ。謝ってどうにかなるなら、今頃みんな地面にめりこんでるねえ、と田崎は瀬名を覗きこむと、音を立ててソファテーブルを叩いた。

しん、とオフィスは静まりかえる。

「だけど困ったなあ。あちらさんも頑なになっちゃってるし、協議なんかではどうにもならないかもね。こりゃ訴訟だなあ。どう？　訴訟になったとしたら勝てそう？」

「それは――」

「正直に言いなさいよ、今さら自分かわいさにごまかすなよ」

低い声に凄《すご》まれて、瀬名は背を丸め、小さな声で答えた。

「我々にとっては厳しい戦いかもしれません。月夜野ドリンクは、わたしが当初想定していたよりも高い知財リテラシを持っているようです。今宮の特許を侵害している事実にはまえから気がついていた」

なのにあえて放置していた。当然ながら、外部の弁理士や弁護士から『苦み特許』を無効にできるという見解――無効鑑定くらいは、とっくに得ているのだろう。

むろん鑑定があるからといって、争いの場で絶対に勝てる保証はない。あくまで勝てる公算が高いというお守りのようなもので、実際ジャッジするのは裁判官なり特許庁の審判官なりである。

とはいえ鑑定の結果と異なる判決や審決が、そうそう簡単に出ることもない。

「……ですので、情勢はこちらに不利かと」

「なるほどねえ。君は敵の強さを見誤っちゃったわけかあ。昔の女にイキったのはまだかわいげがあったけど、そこ読み間違えるのは致命的だなあ」

しょうがないな、と田崎は勢いをつけて両膝《ひざ》を叩いた。

「この件は別の担当をつける。君はおしまい、ご苦労さまでした。明日から別件のフォローについて」

「そんな！」と瀬名は腰を浮かせた。「最後までやらせてください。必ずどうにかしますので！」

勝たねばならないのだ。勝って、勝ちきって、葬式みたいに黙りこくったあいつらと余裕の握手をかましてやらなければ。そうしなければ納得できない。

「どうにか？」

田崎の目が細まった。

「どうにかするって、どうやって。君にアイデアあるの？」

「それは」

「あのねえ、これはビジネスなの。君のプライドなり矜持《きょうじ》なりを守る戦いをされちゃあ困るの。クビにされないだけましだと思ってほしいねえ。君の代わりなんて、いくらでもいるのに」

――藤崎は得がたい人材です、わたしやあなたの何倍も。

藤崎亜季の上司の言葉がふいに胸に浮かび、そのまま鋭く突き刺さった。足元がぐらぐらと揺れているような気がする。代わりなんていくらでもいる、それは藤崎亜季にこそ相応しい評価のはずだった。俺は励んで、選ばれて、別次元に行ったはずだった。なにが間違っていた。間違っている。

「大丈夫、君だってさすがに次はこんな愚かな真似はしないでしょ？」

唇を嚙みしめている瀬名を、田崎は満面の笑みで見つめた。

「期待はしてるんだよ。オンリーワンになってくれるんじゃないかと期待はしてる。投資だって惜しんでない、誰より目をかけていると言ってもいいくらいだ。だーかーら、ちゃんと応《こた》えてくれよ」

そうだ、と瀬名は自分を叱咤《しった》した。立ちどまってなよなよと自省してどうなる。そんなものはいらない。俺はこのままでいい、間違っていない。変わる必要なんてないのだ。

俺は、藤崎亜季と同じ道は選ばない。死んでも選ばない。

「……後学のために教えてください。田崎さんなら、ここからどのように戦いを進めますか」

今宮食品社長の情に訴える言葉は世間を席巻《せっけん》している。だが月夜野ドリンクは、あくまで知財の土俵で戦いを挑んでくる。そしてがっぷり四つに組めば、現状で不利なのはこちら側だ。

そうだねえ、と満足そうに田崎は口角を持ちあげた。

「まあ、いちおう調停のお誘いはしてみようかなあ。うちとしては金さえ払ってもらえれば、面倒な訴訟なんてしたくもないわけだし」

「きっと決裂します」

「そうしたら侵害訴訟を起こさなきゃ格好がつかないねえ。ま、形勢が悪くなりすぎたら、そのあたりで手を引くよ。訴訟は今宮食品さんが勝手に頑張って続ければいい」

「……クライアントを放りだすんですか」

「放りだすもなにも、うちはただのコンサルだから。方針の相違で、うちには任せられないとあちらさんが自ら進んでうちを切るなら仕方ないでしょ」

田崎はグラスに注いだオレンジジュースを飲みながらこともなげに言う。瀬名は舌を巻いた。田崎は、いざ劣勢が極まれば、今宮食品が主体的に総合発明企画と手を切ったような形に持っていって、責任を回避するつもりだ。そういうふうに他人を操作できる男だからこそ、この会社をここまで大きくできたのだ。

「まあそれは最後の手段ね。せっかくの派手な案件なんだから、うまく使いこなしたいよねえ。すくなくとも総合発明企画の名を『正義の知財コンサル』としてお茶の間に浸透させられたら、うちとしてはベストかなあ」

いや、と田崎はにやりとした。

「やっぱり訴訟もうちが手がけて、勝って、金もイメージも総取りしたいなあ」

思わぬ言葉に、瀬名は瞬《また》いた。

「勝てますか？　訴訟に至れば、月夜野はおそらく無効鑑定を――」

「あのねえ瀬名君、僕らが従っているのは法律だよ。何億年も変わらない自然法則とは違って、人が勝手に作ったものだ」

田崎は音を立ててオレンジジュースを飲み干すと、小指を立ててストローをつまんだ。

「だから風向きが変わることなんて、往々にしてよくあるわけ」

【0002】

百パーセント、ビジネスです

桜色のビルの外に出たとたん、ゆみは大きく伸びをした。

「いやあ来てよかった。わたし裁判所ってやつに初めて来たけど、思ったより和《なご》やかな場所なんだねえ」

川沿いを青々と彩る桜並木のあいだを、気持ちのよい風が渡っていく。

「確かに」

と亜季《あき》もすこし笑って、出てきたばかりの建物を振り仰いだ。桜並木に寄り添うように建つそれは、知財に関する事件を専門に取り扱う知的財産高等裁判所である。裁判所というと厳《いか》つい外見を想像しがちだが、こちらは明るく開放的で、裁判所というより、図書館や公民館のような雰囲気があった。

「ここが特別和やかなのかも。知財に関する事件の裁判って、『裁く』っていうより『トラブルを解決する』って側面が強いから、この知財高裁も、裁判所の権威で押すっていうよりは、原告と被告が冷静に話し合える雰囲気をあえて作ってるって聞いたよ」

「知財の戦いはあくまでビジネス、はっきりとした善悪があるわけではない、ってやつか。そういえばパンフレットにも、知財高裁はビジネス・コートと呼ばれることもある、なんて書いてあったねえ。ビジネスの場の延長らしい雰囲気作りなわけね」

「そんな感じかも」

「内装も小綺麗《こぎれい》なホテルとか、居心地のいい映画館みたいだったもんね。ちょっとくつろいじゃったよねえ。野原《のはら》君が見学に行ったとき、つい眠くなって大あくびをして上司に怒られたって言ってたけど、無理ないわ」

　ゆみは満足そうだった。

　今日ゆみと一緒に知財高裁を訪れたのは、とある事件の判決を傍聴するためだった。もちろんこのド平日に連れだってきたわけではなく、亜季は仕事の一環だ。

　徹底抗戦を決めた月夜野《つきよの》ドリンクは、まずは今宮《いまみや》食品と水面下での協議に入った。落としどころがうまく定まるのならば、このまま調停や仲介で内々に和解に持っていける可能性も一応はあったのである。

　だが案の定というか、協議は難航している。月夜野ドリンクは無効理由を握っていることをちらつかせて一歩も譲らないし、今宮食品は今宮食品で、自分たちに非はひとつもないと信じて、否《いな》、総合発明企画に信じこまされて、自社に譲歩の余地があるなど夢にも思わない。結局いつかは決裂し、両社ともに次の一手をとらざるをえなくなるのは明白だ。

それで熊井《くまい》や北脇《きたわき》は、いつ訴訟に発展してもいいように、又坂《またさか》や月夜野ドリンク法律顧問である水本《みずもと》弁護士が所属する事務所の協力のもと、準備を進めているようだった。ようだ、というのは、熊井も北脇もこの事件に亜季が関わるのを渋っていて、事務仕事すら回してくれないので詳細を把握《はあく》していないのである。

まあ亜季は亜季で、やらねばならない通常業務が首がもげそうになるほど積み重なっているので仕方ないっちゃないのだが、遠ざけられて詳しい情報すら与えられないのは不満だった。それで今回せめてもと、この裁判の判決の傍聴を願いでたのである。自分たちの会社もこれから裁判になるかもしれないんだから、法廷の雰囲気や緊張感を今一度経験しておきたい、と。

北脇は当然のごとく渋った。判決の言渡しなんてたいしたイベントでもない。わざわざ傍聴する必要性はないと言う。

確かに一理はある。知財事件での判決言渡《いいわたし》は、一般的にはごくあっさりとしたものが多い。どちらが勝ったかとだけがほんの数行で書かれている主文が朗読されるだけで、理由の説明など一言もなく一瞬で終わる場合がほとんどだ。長大な判決理由は、あとでネットにアップするのでそれを見てね、というわけである。だから傍聴人どころか、被告や原告すら出席しない場合もままあるそうな。

そんなさらっと終わる判決言渡の見学に、さすがに出張の許可は出せないという理屈である。

だが亜季は粘った。今回わたしが見つけたものはちょっと違いそうじゃないですか。この言渡しは主文のみならず、判決の理由もちゃんと裁判長が読んでくれる可能性が高かった。知財的に注目度の高い事件だったし、そもそもこの裁判はちょっと特別で、大合議体による審理が行われていた。

知財高裁でも通常は、一般的な裁判と同じく三人の裁判官が審理を担当するのだが、高度な専門知識が問題となったり、判決の行方が世間に大きく影響を及ぼしたりする事件では、五人の裁判官がずらりと並んだ大合議体が審理を進める。人数が多いだけ、慎重な審理を行えるという理由らしい。

というわけで、絶対傍聴したら糧《かて》になる、行かせてほしいとめげずに訴えると、結局熊井が許可を出してくれた。確かに、見てくると勉強になるかもしれないねと言ってくれたのである。

などという経緯をゆみに軽く話したら、『傍聴って誰でもできるんでしょ。わたしも行ってみたい』と言いだしたので、こうして一緒しているのだった。ゆみは親友である亜季と、特許庁で審査官として働く恋人の野原が携《たずさ》わる知財の世界を、肌で感じてみたかったのだそうだ。

　恋人、か。亜季は揺れる桜並木に目を戻した。

「そういえばさ、野原さん、元気？」

「元気元気！　このあいだ一緒に千葉の遊園地に行ってきたよ」

「審査官になったお祝いにってやつ？」

「そうそう」と写真を見せてくれる。おそろいの耳をつけたふたりは幸せそうだ。ちくりと痛んだ胸を押し隠して、亜季は笑顔を作った。

「あらためておめでとうございますって伝えておいて」

「うん」

と嬉《うれ》しそうにうなずいたあと、ゆみは声をやわらげた。

「野原君さ、月夜野ドリンクに同情してるし、応援してるよ。あ、もちろんそんなこと口にはしてないよ、わたしが思うに、って話だけど」

「わかってる」亜季はちょっと笑った。「でもありがとう」

　野原は公務員で、亜季たちの出願を審査する立場の人間だから、どちらかへ肩入れすることは許されない。だから今のはあくまでゆみが勝手に推測した彼氏の内心にすぎないのだ。そういうことにする。

「それとこれもわたしが思うにだけど、野原君、亜季を心配してるんじゃないかなあ」

「わたし？」

「そう。心ない噂《うわさ》で傷ついてるんじゃないかって」

これはきっと野原個人というより、ゆみと野原が一緒に抱いてくれている思いやりなのだろう。感謝しながら、亜季は自分に言い聞かせるように答えた。

「……大丈夫だよ、全部ビジネスだから」

美しい桜並木の向こうに輝く、桜色の知財高裁。ビジネス・コート。冷静で理屈に基づく、ビジネスのための場所。

『百パーセント、ビジネス』

「亜季、ほんとに大丈夫？　差し支えない範囲で聞くよ。仕事のことも、それ以外も」

なにも言わずともゆみは察して寄り添ってくれる。ほんといい友だちだなと嬉しくなって、それにしてもすぐに気づいてしまうなと苦笑もする。さすがはスーパーショートゆみ。

一瞬で、心が転がっていく方向を判断できる。

だから亜季はビジネス・コートを背に、言えることだけ、ビジネスのことだけ口にした。

「正直に言うと落ちこんじゃうときはあるよ。この頃はあまりネットの評判も見ないようにしてるんだけど、どうしても目に入っちゃうことがあって。『パクリ企業がだんまりを決めこんでる』とか書いてあると、ちょっと心にくるな」

あーとゆみは顔をしかめた。

「気にする必要なんて全然ないって。亜季たち側の主張も、見えないところでちゃんと対処してることもなんにも知らないで好き勝手に言ってるだけなんだから」

まあね、と亜季は息を吐きだした。

月夜野ドリンクの主張も、水面下で協議を試みていることも、見物人である世間はいっさい知らない。それで人々は、『月夜野ドリンクなるパクリ企業がだんまりを決めこんでいる』と考えている。

「取引先には説明してるんだよ。うちにもちゃんと理屈があるし、今宮の訴えを無視してるわけじゃないんだって話はしてある。だから会社レベルだとみんな静観というか、落ち着いて待ってくれてるんだけど」

「なんにも知らない一般人は、涙の訴えをスルーしてる極悪企業って怒ってるわけか」

「うん……」

月夜野ドリンクが黙っているのはパクリを認めてるからだ、後ろ暗いからだと勝手に決めつけている。それどころか訴えを無視して、やり過ごそうとしているだなどと言われることすらある。

しかしいまどきまっとうな製造メーカーが、無視してやり過ごすなんてあからさまなコンプライアンス違反をしでかすわけがないのだ。黙っているのは調査中か、調査の結果を公言できない理由があるから。とくに今回は訴訟まで視野に入れているから、おいそれと余計なことは言えない。今宮食品との協議の席でさえ、増田《ますだ》以下経営陣は慎重に慎重を重ねて、開示する情報を絞りこんでいる。

「大丈夫だって。ほとんどの人は、結論が出るには時間がかかるってわかってるよ」

「そうかな」

様々な批判と、それに対する人々の辛辣《しんらつ》な意見を目《ま》の当たりにしてきた亜季は、ゆみほど世間の人々の良識を信じられなくなっている。

「それに人の噂もなんとやらって言うでしょ。みんな結局、悪を叩いてスカッとしたいだけで移り気だから、そのうち忘れるよ」

「……それはそうかも。今もしつこく話題にしてるひとは一握りだし」

「でしょ？」

「でも、それが逆に危ういって北脇さんは言ってたよ。極端な意見しか目につかなくなると、さもそれがみんなの意見みたいに見えてきちゃうからって」

亜季がかつて、旅館評価サイトの十にも満たない悪評に右往左往したように。

だから北脇は、そして経営陣は協議の結論を急いでいた。いつまでも水面下で動くのは悪手、主張が平行線を辿《たど》るとはじめからわかっているのだから、早々に次の一手に進むべきなのだ。月夜野ドリンクとしては訴訟の場に堂々と至り、我々にやましいところはないと世間に示したい。次のフェーズに移りたい。きっと今宮食品だって同じだろう。

だが。

なぜか協議は遅々《ちち》として進んでいない。

桜並木が終わって、中目黒《なかめぐろ》の駅が見えてくる。列車が高架を横切り、建ち並ぶ大小のビルが日差しを受けてきらきらと輝いた。人の数がわっと増え、喧噪《けんそう》が亜季とゆみを包みこむ。

信号待ちのあいだ、ゆみは帰りの路線を検索しようとスマートフォンを取りだした。ホーム画面にどアップのリリイが表示されている。

そのふてぶてしくも愛らしい視線を受けながら、亜季は考えこんでいた。

ゆみと別れてひとり新宿《しんじゅく》の東京本社に寄ると、ちょうど北脇も、又坂や水本弁護士たちとの協議から、フロアの隅《すみ》にある出張者用の席へ戻ってきたところだった。

「根岸《ねぎし》さんは傍聴、楽しめてた？」

モバイルパソコンに電源コードを繋《つな》いでいるとさらっと声をかけられて、亜季はぎょっと振り返った。

「なんでゆみも傍聴に来てたって知ってるんです」

「『ふわフラワー』にコーヒー買いに行ったとき、根岸さん本人から聞いたから」

淡々《たんたん》とした答えに、亜季は苦笑いを浮かべた。

「居心地がよかったって言ってましたよ」

ゆみも行くなんて、亜季からは一言も告げていなかった。プライベートの範疇《はんちゅう》だと思って黙っていたのだ。なのに、まさか北脇のほうから触れてくるとは。

北脇さんにとってゆみは、プライベートの世界の人じゃないのかな。

尋ねようにも尋ねられない。

いまや北脇は、部下が自身に向けるプライベート的な感情の形をはっきりと悟っているはずだ。そのうえで、百パーセントのビジネスだと言い切った。

亜季も大人だから、その宣言の裏にある北脇の感情を掘りさげることはしない。自分に都合がいいようにも、悪いようにも解しない。特許明細書に書かれた文言《もんごん》以上の事実はなにもないように、北脇が選んで口にした言葉以上の真実はない。部下として評価されたことを喜び、藤崎《ふじさき》亜季として振られた事実を悲しむだけだ。それでいい。なにも変わらない。ただ思う。

すこしでも気まずいそぶりを見せてくれたなら、まだ救われるのに。

「居心地って建物の感想じゃないか。だけどまあ、好印象ではあったってことか」と北脇はこちらに目を向けずに笑った。「それで、藤崎さん的にはどうだったの。裁判長、主文以外も読んでくれた？」

「はい、けっこう丁寧に判決の理由を述べてくれましたよ。専門外なので、全部理解できたわけじゃあないですけど」

「それはよかった。しっかり裁判の雰囲気も味わえたわけだ。緊張した？」

「それはもう。裁判官がずらって並んでいるのもそうですし、新しい判例も出ましたし」

「新しい法解釈が示されたの？」

「そうなんです。この条文の解釈なんですけど」

亜季は産業財産権法が記された小型の書籍を広げて、北脇に説明した。

知財の訴訟も、基本的には他の裁判と同じように判例主義である。裁判所が示した法の解釈が、その後の審理に強い影響を及ぼしていく。今回は知財高裁の大合議法廷での判決だったから、これから起こる訴訟や、各企業の知財部の実務と知財戦略への影響は甚大《じんだい》だろう。

「へえ、意外な感じできたな。あとで判決文を読んでみよう」

考えこみながら、北脇は隅の休憩スペースへ向かった。真剣で、知的好奇心を刺激されている横顔。つい見とれそうになって、亜季は慌《あわ》てて視線を逸《そ》らす。ビジネスビジネス、ビジネス百パーセント。

そうだ、ビジネスといえば。

「そういえば、ひとつ気になっていることがあるんです。今訊《き》いてもいいですか？」

「もちろん、なに？」

北脇は備えつけのドリップコーヒーの袋を手に取った。「藤崎さんもコーヒー飲む？」

「飲みます！」

ほんとこのひとやさしいな、じゃない、できた上司だな。

「それでどうした」

「今宮との件です。協議、絶対このままじゃ和解に辿りつかないってうちも今宮もわかってるのに、けっこうだらだらやってるじゃないですか。あれって、今宮側についている総合発明企画の意向って小耳に挟んだんですが」

月夜野と今宮の意見は交わらないものの、さっさと次のフェーズに移りたいと考えているのは同じだ。なのに協議は予想以上に長引いている。協議に参加している熊井たちは、理由は今宮食品側のコンサルとして参加している総合発明企画にあるとみている。

当初はコンサルとして関わっている事実すら隠していた総合発明企画だが、さすがに瀬《せ》名《な》の発言はごまかしきれないからか、ここに至ってようやく、今宮食品側の知財コンサルとして、月夜野ドリンクとの協議にも顔を出しはじめた。瀬名に代わって担当者となったのはまさかの総合発明企画代表・田崎《たざき》その人で、しかもこの田崎、トリッキーな人物として有名らしく、熊井たちはかなり警戒して臨んだらしい。

が、拍子抜けするほどまっとうな対応が返ってきた。田崎はまず瀬名のやらかしについて誠心誠意謝罪したというし、コンサルとしてもそつがなく、ヒートアップしがちな今宮の経営陣をなだめて、和やかに実のある話を進める手腕には驚くべきものがあったという。

それを聞いて、亜季はすこし安堵《あんど》した。すくなくともこれからは、ビジネスの範疇でことが運ぶに違いない。

だがしかし。

『田崎代表は、協議を長引かせようとしている気がするよ』

数度目の協議が終わって戻ってきた熊井は、北脇の顔を見るや開口一番言った。どうも総合発明企画側は、細かい枝葉に至るまですべての議題を、慎重に、一度持ち帰って検討しているらしい。はじめはクライアントの今宮食品と丁寧に話し合うためかと思っていた熊井たちも、徐々に違和感を覚えはじめた。さすがに丁寧すぎる。というよりこれは、牛歩《ぎゅうほ》戦術の類《たぐい》なのではないか？

「田崎代表は本当に、協議をわざと長引かせているんでしょうか」

北脇はポットの前でドリップコーヒーの袋を裂こうとした手をとめ、ちらと亜季を見た。なんとなく、亜季がこの話題に立ち入るのに気乗りしていない気配がある。

「……まあ、その可能性はけっこうあるんじゃないか」

「どうして長引かせたりするんです。早く訴訟に移ったほうが、向こうとしてはいいんじゃないんですか？」

「今宮食品はそうだろう。でも総合発明企画は、協議の目的がはじめからうちや今宮とは違う。僕らは自社の優位な形で白黒はっきりさせたうえで、できれば穏便な落としどころを見つけたいわけでしょ。でも総合発明企画はそんなのどうでもいい。うちから大金を引きだせればいい」

ドリップバッグをマグに乗せると、ポットの下でぐるりとマグを動かす。コーヒー粉が黒く湿っていく。

なるほど、と亜季はうなずいた。

「ずるずると協議を長引かせれば、早くすっきりさせたい月夜野ドリンクはフラストレーションを溜める。辛抱できなくなって、金で解決しようと方針転換する。それを狙ってるって感じですか」

「かもしれないな。もしくは――」

ふいに北脇は手をとめた。考えこむような表情が、次第に深刻なものに変わっていく。しまいにはマグを置き去りにして、自分のパソコンでなにごとかを検索しはじめた。

あとを頼まれた亜季が湯気立つマグふたつを持って戻ったときには、北脇はすっかり難しい顔をして、口元に握り拳《こぶし》を寄せていた。

「……どうしました」

「総合発明企画のねらいがわかったかもしれない」

え、と亜季も血相を変える。

「協議をのろのろと進めていた理由ですか」

「そう。これ、今進んでいるとある侵害訴訟の記録の一部なんだけど」

と北脇はパソコンに書類を表示した。係争《けいそう》中の事件記録を、裁判所で謄写《とうしゃ》したもののようだ。

「被告が主張する無効理由が記載されているでしょ。読んでみて」

さっと目を通して、亜季は驚いた。

「わたしたちの無効理由と似てますね。文献をふたつ組み合わせて、記載されてる化合物の特許性を否定しているところなんてほぼ同じです」

今宮食品は、お茶の苦みの『切れ味』を高める製造工程の途中でとある化合物、通称『コク向上化合物』を投入することで、『切れ味』と『コク』を共に劇的に向上させられるとしている。そしてこの『コク向上化合物』自体が、まったく新たに発明された化合物であるとして特許性が認められているわけだが、月夜野側の見解は異なる。

『コク向上化合物』を用いた製法は、特許に値《あたい》する発明とは言えない。なぜならば、『進歩性がない』からだ。

『進歩性がない』とはざっくりといえば、既存の技術の寄せ集めにすぎないという意味である。AとBというふたつの技術がもともとあったとして、単に組み合わせてABというものを作ったところで、そんなの特許に足る発明としては認められないよ、誰だって考えつくでしょ、というわけだ。

『コク向上化合物』についてもそのように主張できる証拠を、月夜野側はすでに見つけていた。件《くだん》の物質は、この分野の技術者であれば、ふたつの文献に記載された情報をうまく組み合わせて簡単に思いつける——つまり進歩性がないもので、特許にも値しない。そう主張するに足る文献を揃《そろ》えてあるのだ。

そして今、北脇が示した訴訟——Y事件訴訟も、かなり似た論理で進歩性を否定しようとしているようだった。とある化合物がすでにある技術の寄せ集めにすぎないと示すために、メインの証拠となる主引例と、それを支える副引例、ふたつの証拠を提出している。

「主引例は、無効にしたい製法中の化合物と、一部の構造以外がまったく同じものが載っている文献。それに、主引例で欠けている部分を補完する副引例を組み合わせる。うちの証拠の構成と同じですね」

問題の物質が、複数のブロックを組み合わせて作られた馬だとして、ポーズからなにからそのものずばりはどこにも載っていない。つまり『完全に同じものがすでにある』として新規性を否定できる先行文献はない。

しかし、尻尾《しっぽ》の形を除けばまるきり同じ馬ならばすでにあるし、唯一形が異なっている部分——尻尾を作るのに必要なパーツも別のカタログに載っていて、適宜《てきぎ》お取り寄せして部品を交換すれば作れちゃう状態ではある。だったら発想のジャンプなんてどこにもないよね、特許にも認められないよね、という感じである。とくに無理してロジックを構築しているところは見当たらない。

であれば被告の主張は通るのではないかと亜季は考えた。まずもって裁判所はこれらの証拠を根拠として、当該特許を無効と認めてくれる——と思ったのだが。

なぜか北脇の表情は浮かない。

浮かないどころか、かなり深刻である。

「……この事件がどうかしたんですか？　ふたつの文献がきちんと無効の根拠となって、被告の主張が受けいれられる公算が高いですよね？」

月夜野ドリンクの提出したふたつの文献を根拠として、こちらの主張が受けいれられる公算が高いように。

「みんなそう思ってる。でも、もしかしたら、雲行きが怪しいかもしれない」

「……どういうことです」

「原告側が、被告の示した証拠では、無効理由とならないのではと主張している」

必要な尻尾のパーツは、確かにカタログに記載されている。だがそのカタログに記載されているパーツの数は莫大だ。相手の馬とまったく同じものを作るには、一千万を超える選択肢の中から、ただひとつを選びとってこなければならない。

しかし莫大な選択肢の中から求めるパーツを適切に選ぶことが果たして『容易』と言えるのか？

言えませんよね、つまり特許性は普通にありますよね。そう原告は主張しているのだ。

「……そんなの無理筋すぎる反論ですよね？　今までずっと裁判所は、被告のロジックと同じようなロジックを認めるって判断してきたはずなのに」

つまりは亜季たちの主張が認められる。そういうふうに信じるに足る実績が積み重なっているはずなのに。

と思ったのだが、「いや」と北脇は首を横に振った。

「実は裁判所は今まで、今回のシチュエーションにはっきりと判断を示したことはないんだ。だからY事件の被告も僕らも、似たようなシチュエーションの判例から、自分たちの証拠がどう扱われるのかをこれまで推測していたわけだ」

はっきり白黒はついていないが、今までの数々の判例に鑑《かんが》みると、おそらくホワイトに近いグレーだろう。訴訟も有利に進められるだろう。そう考えていたのだ。

「でもこのY事件は、僕らが思っていたのと違う方向に進んでる」

「裁判所が、わたしたちの想定どおりの判断を示してくれるかがわからなくなってきたってことですか」

「そう。万が一、相手の反論のほうに近い判決が残ると、かなりまずいことになる」

北脇は受けとったブラックコーヒーを一気にあおった。

「もしそうなれば当然、今後、僕らの主張も認められるかもわからなくなってくる。今までの論理は成り立たなくなる。成り立たなくなるどころか、最悪の場合――」

「『苦み特許』は無効だと認めてもらえずに、負ける……」

「そう」

裁判に負ける。特許を侵害したと判決される。

糾弾《きゆうだん》される。

そんな。

亜季は呆然《ぼうぜん》と、コーヒーの黒い水面に目を落とした。

ここにきて、思いもしなかった判例が新たに出てしまうかもしれない。亜季たちの予想と違う方向に話が転がりはじめて、せっかく見つけたはずの突破策が、塞がれてしまうのかもしれない。

「こうなると、今宮食品との協議を早めに切りあげることも、もう一度考えに入れなきゃいけないかもしれない」

「早めに切りあげるって……まさか和解金を払うんですか？　Y事件の判決を待ってからでも」

「それじゃ遅いかもしれない。すくなくとも総合発明企画は、この事件の判決によって大きく態度を変えてくるはずだ」

その言葉に、亜季はようやく気がついた。

田崎代表が協議を遅らせているのは、この裁判の判決が出るのを待っているからなのかもしれない。

総合発明企画はパテント・トロールである。すべてはビジネス、今宮食品を焚《た》きつけているのも、月夜野ドリンクから莫大な和解金をせしめられる可能性があるから、ただそれだけだ。だからもし今宮食品が怒りにまかせて訴訟を起こしたとしても、勝算がなければなにかしら理由をつけてトンズラするに違いない。

だがもし、月夜野ドリンクに不利、つまり今宮食品と総合発明企画に有利な判例が現れたとすれば。

「侵害訴訟で勝って儲《もう》けられる可能性が高くなったとみたら、すぐ仕掛けるつもりで待ち構えてるかもしれないってことですか」

「可能性は充分ある」

「じゃあ――」

言いかけたとき、オフィスのドアがひらいた。

「北脇君、藤崎君！　大変なことになった」

熊井が険しい顔で入ってくる。

「……なにがあったんです」

「今宮食品が動いたんだよ。侵害行為の差止仮処分の申立てを行ったんだ。もし申立てどおりに仮処分命令が出てしまったら、訴訟を待たずしてうちは『緑のお茶屋さん』を製造販売できなくなる」

販売できなくなる？

亜季は青くなった。

「どうして、まだ協議中ですよね？」

今宮食品とは話し合いの真っ最中ではないか。

「一方的に打ち切られたんだよ。社長ははらわた煮えくり返ってる」

さすがの熊井ですら苛立《いらだ》ちを隠せない様子に、亜季は立ちつくした。

ガラス窓の向こうに浮かぶ新宿の空は、今にも雨が降りそうだった。


今宮食品が差止仮処分の申立てを行ったということは、本案訴訟に発展するのも時間の問題である。熊井と北脇は、きたるべき訴訟の準備にかかりきりになった。

特許権の侵害訴訟は、侵害の有無を議論する侵害論と、損害の程度を議論する損害論の二段構えになっている。まず侵害があるのかないのか、そこがひとつの防衛ラインだ。もちろん月夜野ドリンクとしてはここを守りきる心づもりで、侵害はなかったという否認、そしてもし侵害していた部分があったとしても、そもそも該当の特許権が無効であると抗弁する予定だった。訴訟なるもので前面に出て戦ってくれるのは弁護士だから、技術に精通している知財部は後方支援的役割を担《にな》って、顧問弁護士の水本やその所属事務所の弁護士と日々協議をくり返しているという。

一方の亜季は、変わらず事件から距離を置いて普段の仕事を続けていた。今日も午前中は商標の出願について代理人と打ち合わせていたし、午後は幾人もの技術者から新規技術について聞き取りをして、発明として特許にできそうなものを選びとり、出願への道筋をつけた。

いつもどおりの毎日が過ぎていく。なにもできない日々が。

もちろん頭では、『苦み特許』事件に関われないことに納得はしていた。瀬名との個人的なトラブルもあったから、亜季がこの事件と距離を置かされるのは、上司や上層部の気遣いの結果でもある。

それに知財部は、普段の仕事だって手を抜くわけにはいかない。もし、もしも『緑のお茶屋さん』の販売が差し止められてしまったら、会社が莫大な賠償《ばいしょう》金を背負うことになったら、月夜野ドリンクを支える次の製品がどうしても必要なのだ。亜季は、将来の月夜野ドリンクを、月夜野ドリンクで働く人々を支えうる強い権利を、新たに見いださなければならない。守らねばならない。この知財の仕事こそ、すべての礎《いしずえ》となるものなのだから。

とはいえ、忸怩《じくじ》たる思いがないわけでもなかった。北脇も熊井も、日に日に疲弊《ひへい》していくのがわかる。だがなんと声をかければいいのかわからない。ある意味部外者化してしまっているから、核心に踏みこめなくなってしまっている。なにもわかっていなくとも勢いと正義感だけはあった新人部員時代のように、とにかく突っこんでいければよいのだが――。


「――それで」

特許出願の打ち合わせが終わるや、先輩の柚木《ゆずき》さやかは心配そうに切りだした。

「その、差止仮処分ってなんなの。訴訟とはどう違うの？」

もやもやと頭を覆《おお》っていた物思いを急いで振りはらい、亜季は努めて冷静に語った。

「ざっくり言うと、訴訟の結果を待たずに手っ取り早く権利を保護してもらえる制度です。訴訟って判決まで時間がかかるし、そのあとも控訴《こうそ》だったりなんだりで、なかなか賠償や差止が執行されないんだそうです。でもそのあいだも権利は侵害され続けて損害も出続けるわけで、そうならないように、権利保護のために暫定《ざんてい》的に仮処分命令を出せるようにしてあるって聞きました。基本は権利者、今回の場合は今宮を守るものです」

「長い裁判の結論が出るのを待たずに、『緑のお茶屋さん』の製造販売を差し止めて、侵害品が流通することによる今宮の損害を抑える仕組みってわけか」

うちにとっては厄介《やっかい》な制度だね、とさやかは息を吐いた。

「とはいっても、なんの抵抗もできずに従わなきゃいけないってわけじゃないんでしょ？　もし差止仮処分命令が出ちゃったとしても、こっちも控訴みたいのができるんだよね？」

残念ながら、と亜季はうつむいた。

「仮処分は、こちらの異義申立だけでは執行をとめられないんです。原則一度命令が出てしまったら、『緑のお茶屋さん』は問答無用で販売できなくなります」

問答無用。

その一言に、さやかはすくなからずショックを受けたようだった。

「……その命令が出るかどうかって、いつ結論が出るの」

「差止仮処分の審理は、一般的には三カ月以内に終わるそうです」

「三カ月」

さやかの顔がはっきりと青くなったので、亜季は慌てて言い添えた。

「あのでも、それは土地とかが争われている場合で！　特許が絡んだ場合は、そう簡単に仮処分命令は出ないはずです」

「そうなの？」

「はい。特許権が争点の場合、もし差止仮処分命令が出たら、わたしたち側の損害はものすごいことになるじゃないですか」

もし仮処分命令がくだされれば、月夜野ドリンクは『緑のお茶屋さん』の製造販売を禁じられ、在庫を廃棄させられる。莫大な損失が出る。そして影響は製品そのものだけにとどまらない。間違いなく市場のシェアを大幅に失って、会社全体が大打撃を受ける。

そんなふうに差し止められるほうへの影響が甚大だから、特許権の差止の可否は非常に慎重に審理が進む。加えて今回は、月夜野ドリンク側の侵害がそれほど明白なわけでもない微妙な案件だ。なおさら早急な結論には至らないだろう。

「うちの事情も考えてくれる気はあるってことか」

さやかは大きく胸をなでおろした。

「それに」と亜季は続ける。「この差止仮処分申請は単なるポーズだ、今宮食品はいずれ取り下げるつもりじゃないかって又坂先生は仰《おつしや》ってました」

又坂曰《いわ》く、仮処分命令は権利者にとっても諸刃《もろは》の剣《つるぎ》なのだ。もし今宮食品側が仮処分で『緑のお茶屋さん』の製造販売を禁じることに成功したとしても、その後に本案訴訟、つまりは近々提起されるに違いない特許権侵害訴訟において敗訴すれば、状況は逆転する。今度は今宮が、『緑のお茶屋さん』が差止仮処分によって受けた損害を賠償しなければならなくなる。

これは今宮にとっても、リスクの高い手段なのである。よって現状では訴訟がまだ始まってもおらず、絶対に勝てるという確証がない以上、どこかの段階で今宮は申立てを取り下げる可能性が高い。

「……じゃあなんで今宮側は、リスクのある申立てをしたの」

「今宮というか、そのうしろにいる総合発明企画が、うちを揺さぶろうとしてるのかもって熊井さんは考えているみたいです」

あるいは。

この仮処分の申立てもまた、時間稼ぎにすぎないのかもしれない。

亜季は傍《かたわ》らに置いたビジネス用スマートフォンの、黒く沈んだ画面に目を落とす。

本日熊井と北脇は大阪地裁に向かっている。とうとう、例のY事件の判決が出るのだという。結論が出次第、どちらかが電話をくれる手はずになっているのだが、いまだ連絡はない。

不安が心に兆《きざ》す。

侵害訴訟での月夜野の運命は、相手の特許を無効にできるかどうか、つまり無効の抗弁が認められるかにかかってくる。だが今日出る判決次第では、月夜野側の出した証拠では不十分だとみなされるかもしれない。そうなったとしたら——。

「亜季？」

不安げなさやかの視線に、はっとした。

「大丈夫ですよ！」と両手を振り回す。そうだ、わたしが不安な顔をしていちゃだめだ。胸を張らなければ。

「なんとかなります。知財部がなんとかします！　わたしたち、なんだかんだで今までいろんなピンチを切り抜けてきましたから」

「切り抜けられる奥の手でもあるの？」

「それは、現状はないですけど、探しますし、見つけます」

「ないんだ」

呆《あき》れた顔をされるかと思いきや、さやかはふっと頰《ほお》を緩めた。

「でも亜季に言われると、本当に見つかる気がするなあ」

よし、とノートをとじて勢いよく立ちあがる。

「わたしも頑張るか。なにがあっても馬鹿《ばか》売れする最高の製品を考えよっと。だから」

とさやかは口角をあげた。

「亜季はその調子で、上司たちにも『大丈夫』って言ってあげて。亜季が知財部にいる理由って、根本的にはそこだと思うから」

じゃあね、と会議室を出ていった。

小さく手を振って、亜季は手元のノートに目を落とした。ノートの表紙には、むつ君が描かれている。こちらに背を向けどこか遠くを見やっている。

大丈夫、か。

そんなおこがましいことを、疲弊している上司たちに言えるわけがない。そもそも亜季が根拠のない励ましを口にしたところで、理屈の世界を生きてきた彼らにはなんの慰《なぐさ》めにもならないだろう。

でも。

「わたしが知財部にいる理由、か」

北脇はかつて、なんと言ってくれていただろうか。

むつ君の背中を、そっとなぞったときだった。

スマートフォンの画面が突然光り、電話の着信画面に切り替わる。亜季はにわかに緊張した。ようやく判決が出たのか。

しかし着信の相手は、連絡をくれるはずの北脇や熊井ではない。

又坂だった。なぜと思いつつ耳に当てる。

「お世話になっております、藤崎です」

『ああ藤崎さん、おはよ。元気？　昨日はよく寝られた？』

「……はい、一応は」

なぜそんなことを訊くのだ。訝《いぶか》しがっているうちに、じゃあいいや、と又坂はいつもどおりの切れ味のいい早口で話しはじめた。

『例の事件の判決が出たんだよね。でも熊井部長も北脇さんもそれどころじゃなくなっちゃってるから、わたしが代わりに連絡してるわけ』

「それどころじゃないって……なにかあったんですか？」

『まあ順番に話すから。まず今日の判決だけど、残念ながら権利者にかなり有利な判決が出ちゃった。正直想定を超えてたわ。こりゃ月夜野さんだけじゃなく、知財戦略の練り直しを迫られる企業は続出しそうな予感』

「……わたしたちの主張が危うくなる判決だったたってことですね」

『そ。おたくも無効理由を再考しなきゃならないかも。場合によっては先行文献調査をやりなおして、もっと強い証拠を見つけないと』

そうか。覚悟していたが、どっと心が重くなる。

「もし新しい証拠が見つからなくて、今ある証拠で裁判に臨んだとすると、どうなりますか。負けますか？」

『可能性としては、負けないとは言えない。まずは今回の判例の分析をして、それからだけど』

「そうですか……」

今まで漠然と、影のようにまとわりついていた不安が、急にはっきりとした形をとってくる。瀬名の呪いのような捨て台詞《ぜりふ》が頭の内側で響きわたる。

負けるかもしれない。

もし負けたとしたら、知財部はどうなってしまうのだろう。瀬名の言うとおり、誰もが誰かを責めて、悪者を探して、めちゃくちゃに――。

『藤崎さん？　大丈夫？』

はじかれたように顔をあげた。だめだ、ビジネスに徹しろ。抑えこめ。

「とにかく、もう一度作戦を練らなきゃってことですね」

『そうなるね。もちろんわたしたちもサポートするから、粛々《しゆくしゆく》とやりましょう』

「ありがとうございます」

スマートフォンを持ったまま頭をさげてから、亜季は切りだした。

「ところで、熊井さんたちがこの判決どころじゃないのはどうしてですか」

月夜野ドリンクの勝利を危うくするこの重大な判決どころではないなにかに、熊井と北脇は手一杯になっているという。いったいなにが起きたのだ。

『実はね』

と又坂は声をひそめる。

『総合発明企画が、今宮食品から特許権を買い取るみたいなんだよね』

思わぬ話に、え、と亜季は眉をひそめた。

「なんの意味があるんです。今までだって、今宮食品側の戦略は総合発明企画が一から決めてましたよね。買い取ったところで訴訟相手の名前が変わるだけで、実質なにも変化してないじゃないですか」

『藤崎ちゃん、相手はパテント・トロールなんだから、ちゃんと利益を最大化してくるわけ。いくらえげつないコンサル料を取ってるとはいってもさ、自分たちが権利自体を持ってるほうがコンサルなんかより儲かるでしょ？　賠償金やら和解金やら総取りでしょ？』

それはそうだ。

「でもなぜ急に今――」

と言いかけ、亜季は悟った。

「今日の裁判で、自分たちに有利な判決が出たからですか。勝てる可能性が高まったと見て、総取りを狙ったんですか」

『だろうねえ。ほんと計算高いわ』

亜季は奥歯に力を入れた。

やはり総合発明企画は、この裁判の判決を待っていたのかもしれない。そして自分たちにも勝ち目が出てきたとみるや、今宮食品から特許権を取りあげた。奪った。

「今宮食品はそれでよかったんですか？　そもそも今宮を外してしまったら、世論を味方につけてうちを揺さぶるって方法が使えなくなるんじゃ」

ここまで総合発明企画は裏方に徹して、今宮食品の純粋で無知な怒りを効果的に利用してきた。今宮食品社長の涙の訴えがあったからこそ、世間は月夜野ドリンクを悪と決めつけたのだ。なのに特許権を買い取り今宮食品を外したら、感情を前面に押しだして、法ではなく気持ちでのジャッジと私刑を誘い、世論を味方につける手法は使えなくなってしまうではないか。

だが又坂は、スマートフォンの向こうで息を吐いた。

『逆だよ逆、藤崎ちゃん。総合発明企画は薄れてきた世間の注目を再度集めて、月夜野さんにプレッシャーをかけるためにも、このタイミングで特許権を買い取ったわけ』

「……どういうことでしょう」

『実際見るのが早いかも』

又坂に言われてパソコン画面を覗《のぞ》きこみ、亜季は顔色を失った。

ニュースサイトの目立つところに見出しが載っている。


「今宮食品　知財コンサルに特許権を委譲し訴訟へ」


それは、今宮食品と総合発明企画の合同記者会見が行われたという記事だった。訴訟には時間も金もかかる。捻出するほど体力がないからと諦《あきら》めようとしていた今宮食品に、総合発明企画が救いの手をさしのべたのだと書いてある。総合発明企画は、『今宮食品を救うため』にこそ、特許権を買い取り、自分たちが裁判で白黒つけると決意したのだと。

記者会見の動画もあった。総合発明企画代表の田崎が、芝居がかった仕草で両手を広げて訴えている。

『有名企業による不義理で中小企業が泣き寝入り。そのような悪《あ》しき日本の伝統は、ここで断ち切るべきなのです！　断ち切るべきであるからこそ、我々総合発明企画は立ちあがりました。そして真面目でまっとうな今宮食品さんのために、いえ、世の頑張っているすべての中小企業のために戦うのです』

ぐうの音も出ない正論。

間違いなく、みなの待ち望んだヒーローの登場だった。

総合発明企画は特許権を買い取るや、様々な攻勢をかけてきた。

まずは今宮から買い取った『苦み特許』を実施する企業を探しはじめた。どこかの企業が『苦み特許』の技術を製品に使ってくれれば、月夜野ドリンクには特許権侵害そのものに対する賠償に加え、『苦み特許』を正式に用いた他社製品への賠償も科せられる。それを狙ってのことだ。

一方で代表の田崎は、世間に向かっては『正義』を演出し続けている。いかに高い理想を抱いて中小企業の知財コンサルに従事しているのかを、各所で堂々と喧伝《けんでん》しはじめたのだ。そういう場所での田崎は、事前の協議で伝え聞いた印象とはまるで違う男だった。ひょうきんで、どこか変わっていて、しかし操る言葉はわかりやすく、大衆の耳に聞こえがよいものばかり。なにより、会社としてのコメントを出さざるをえない月夜野ドリンクより『人間』が見える。

無機質な企業と、人間臭い田崎。人々がどちらに好感を抱くかといえば、それは当然後者だった。

月夜野ドリンク社内の空気は、目に見えて澱《よど》むようになった。

「またネット、大荒れですね……」

会議室から知財部に戻る道すがら、休憩スペースで販売部の富田《とみた》がうなだれている。

「総合発明企画代表の田崎って人、キャラが濃くてネットでは妙な人気が出てるみたいです。それもあってかネットのどこを見ても、うちにはなにを言ってもいいと思ってるやつらばかりですよ。あーあ、また取引先で嫌味とか苦情、しこたま言われるんだろうな」

「気持ちはわかるよ」

と総務の横井《よこい》が慰める。「でも弁護士さんも法務部も、知財部も頑張ってるみたいだから、富田君ももうちょっとだけ頑張って」

横井は近頃、人手不足の知財部の仕事を補うためにヘルプに入ってくれている。たぶん一般社員では、一番亜季たちの苦しい立場をわかってくれている。

「裁判になって、そこで勝てれば元通りになるから。うちはなにも悪いことなんてしてないって裁判で証明されれば、ネット民なんてなにごともなかったように知らないふりして、また『緑のお茶屋さん』飲みだすから。はいこれ」

横井は社員用自販機で購入した『緑のお茶屋さん』をさしだした。しかし富田のほうは、見るのも嫌なように深緑のパッケージから顔を背ける。

「いや、気持ちだけでいいっす。今ちょっと、『緑のお茶屋さん』を飲む気分にはならないんで」

月夜野ドリンクの売上は急速に落ちこみはじめている。もちろんトラブルの影響がすべてではない。気候の影響で、主力商品の売上が例年どおりにあがらなかったのもある。

それでも社員は、『落ちこみはじめた』という事実を無視できない。

「だいたい、ほんとに勝てるんですかね？　うちの会社は勝てもしないのに悪あがきしてるだけ、醜《みにく》いってネットでは言われてますよ」

「みんな勝手にジャッジしてるだけだから気にしちゃだめだよ。内側でなにが起こってるのかなんて誰もなんにも知らないんだからって北脇さんも言ってた。それにネットでも、知財の専門家っぽい人は冷静なコメントしてるよ」

「それはありがたいっすね。でも俺らの飲料は、知財の専門家だけに売れればいいってもんじゃないんすよ。もしだめだったら、知財部は責任とってくれんのかな」

「知財部さんを信じてあげてよ」

「信じたいっすよ。でも販売部は正直、怒ってますよ。知財部のやつら、自分のメンツかわいさに、引くに引けなくなってるだけじゃないかって――」

亜季が通りかかったのに気がついた横井が、こら、と小さくたしなめる。亜季は聞こえなかったふりをして、早足でその場を離れた。

もう、これくらいでショックは受けない。販売部の不安はよくわかっているし、批判されるのも慣れっこだ。慣れてしまった自分が悲しいだけだ。

重い気分を振りはらうように知財部のガラスのドアをあける。しかし中の空気は、さらに重かった。

このところほとんど東京本社に詰めているようだった熊井が、久々に群馬に戻ってきている。だがその横顔に、いつもの柔和な笑みはない。会議用の大机に暗い顔をして座っている。なにより熊井の手に握られているのは、他社製のミネラルウォーターだ。どんなときも自社製品で喉《のど》と心を潤していたのに。

そして北脇も、固い顔で熊井のはす向かいに座っていた。ふたりの上司の目は合わない。話しかけるのも気が引ける。だが亜季はどうしても尋ねたいことがあった。

形勢有利とみるや特許権を取得した田崎は、そのまま月夜野ドリンクにこう持ちかけた。

あらためて和解を目指して協議《こす》しませんか。

そして昔のドラマに出てくる狡い商売人のごとくもみ手に薄気味悪い笑みを添えて、莫大な和解金による和解を提案したのだ。

またしても月夜野ドリンクの経営陣の意見は割れて、大荒れの会議となった。さっさと和解金を払うべきだったのにと知財部を厳しく糾弾する人も続出したというし、冷静を保った面々さえも、知財部が当初描いた勝利への道筋が変わってしまった以上、ここは安全策をとるべきだとの主張が大勢を占めた。

だが増田は、ほどなく始まるであろう訴訟の準備を続けるように指示した。反対意見を押し切って、和解案は突っぱねるのだとほとんど強制的に決定してしまった。

それは、多くの経営陣や部長たちには受けいれがたいものだった。それで今日、もう一度会議が行われ、今度こそ結論が出たはずだった。

「社長は、なんて仰ってましたか」

亜季は会議用の大机の端に座り、ペンとメモ帳を用意して、意を決して尋ねかける。

「うちの会社の方針は――」

「藤崎さんは自分の仕事をして」

北脇に遮《さえぎ》られる。それでも立ち去らないでいると、熊井はミネラルウォーターを置き、しばしの間をあけて言った。

「やっぱり和解に応じるつもりはないって。かえって頑《かたく》なになっちゃって」

北脇がなにかを言おうとして呑《の》みこむ中、亜季はメモ帳に目を落とした。

「そうですか……」

さきほどの富田の落ちこんだ表情が瞼《まぶた》に蘇《よみがえ》る。社長の独断は、数日中には全社員に知れ渡り、ますます月夜野ドリンクを軋《きし》ませる。

「……まあ、僕らは喜ばなきゃいけないんだよ。社長は、勝てるって信じて僕らに懸けてくれたわけだから。だから全力でやるべきことをやらなきゃいけない。まずは社内に丁寧に説明して、どうにか納得してもらわなきゃ」

熊井はこれから、一部の役員や部長級が自主的に催《もよお》している『勉強会』に呼びだされて、今後の方針と起こりうる事態への説明を迫られるという。

社長への不満は、その独断を後押しした形になった知財部へも当然向いている。亜季は休憩スペースから漏れ聞こえる愚痴《ぐち》を耳にするくらいで済んでいるが、部長である熊井は違う。ほうぼうからの批判に直接晒《さら》され、面と向かってかなり辛辣な言葉をかけられている。その心労たるや。

しかし、熊井の説得の成否が会社の未来を左右しうるのは間違いなかった。『勉強会』の面々はおそらく、増田社長の独断に思うところがある。もしここで熊井が説得に失敗すれば最悪、堂々と現経営陣に反旗を翻《ひるがえ》すかもしれない。

そんなお家騒動が勃発《ぼっぱつ》すれば、差止仮処分や侵害訴訟どころではなくなる。そして田崎も敵の自壊を見逃しはしないだろう。月夜野ドリンクは、さらなる高額な和解金をふっかけられて、呑む羽目になる。

「徹底抗戦は、最後まで貫くからこその策です」

北脇が鋭い視線を揺らがさずに言った。「途中で折れるようなら、はじめから屈していた場合以上の損害を被《こうむ》ることになります。悪化した評判も覆《くつがえ》せず、莫大な和解金を支払えば社内の空気も取り戻せません」

「それはそのとおりだ」

と熊井は疲れた声で返した。「信じてくれた社長のためにも、僕らは勝たなきゃならない。でも僕らの持ってる証拠は、勝ちきるには弱くなってしまったでしょ。もう勝敗は五分としか言いようがない」

先日のY事件の判決がどの程度月夜野ドリンクの戦いに影響するかは、専門家によっても意見がまちまちだ。あるひとは、『判例と同じく、無効の主張は認められない』と言うし、またあるひとは、『判例のものよりは具体的であるから、充分無効理由として通用する』と言う。

結局どこに線引きをするかの問題で、専門家の中でも判断が割れてしまっているのだ。

つまりいざ訴訟になったとしても、裁判官によって判決が真逆に振れる可能性がある。やってみないとわからないという状況に陥《おちい》っている。落としたコップが割れるのか、割れないのか、亜季たちはただはらはらと眺めていることしかできない。

「裁判の行方を、腹を決めて見守ってもらうしかありません。ここで和解を呑むのは最悪手です」

「『勉強会』の面々は、『必ず勝てる』という言質《げんち》を求めてるんだよ」

「そもそも必ず勝てる訴訟なんてありますか。一度戦うと決めたのなら、せめてなんらかの結論が出るまでは耐えるしかないのでは」

「みんな、どちらに転がるかわからない裁判を我慢して続けられるような精神状態じゃないんだ」

「わかりました、僕が『勉強会』の面々を説得しましょう」

「いやいい。君が出ていったら余計に捻《ねじ》れるでしょ」

「……失礼ですが、熊井さんにみなさんを説得できますか」

「僕は、君の仕事ではないって言ってるんだ！」

熊井の口調が思わずといった具合に強まって、しんと部屋は静まりかえった。

閉塞感が満ち満ちていく。

瀬名が最後に言い放った言葉が、亜季の身体《からだ》の中からはっきりと聞こえてくる。明日にもなにかが破裂してしまうのではないかと怖くなる。亜季たちは互いに責任をなすりつけ、糾弾し合うのではないか。そんな気さえしてくる。結局すべてはビジネス、みな自分のことしか考えていない。わかりあっているなんて幻想で、ポジショントークに騙《だま》されていただけ。壊れていくときは一瞬で、誰も助けてくれない。

そういうものなのか？

――いや、違う。

亜季はぐりぐりと、メモ帳に怒ったむつ君の目鼻を描いた。

すくなくともわたしたちは違うはずだ。だから、どうにかしなければ。でもどうしたらいい。事態はもはや亜季たちの手を離れて進んでいく。責任だけがのしかかる。

ふいにむつ君のつぶらな瞳が、亜季をまっすぐに見つめた。心の奥底を照らして、声を響かせた。空振り上等、バットを振れ。お前の気持ちが百パーセントのビジネスなんかじゃないってことを、見せつけてやれ！

そうだ。

亜季は顔をあげた。勢いよく立ちあがり、机に両手をついて大声で言った。

「大丈夫です！」

突然の、揺るぎない宣言に、上司たちは驚いたように顎《あご》を引いた。

「……なにが」

「どうしたの」

「裁判、負けたっていいじゃないですか。みんなにもそう伝えましょう」

ますますふたりは声を失う。突拍子もない亜季の言動に気を取られ、苦しい現状なんて一瞬忘れている。それが亜季にはおかしくて、嬉しくて、心に完全にエンジンがかかった。

そう、負けたっていい。まずは開き直るべきなのだ。

「わたしは思うんです。負けるより怖いのは、ここで仲違《なかたが》いして社内がめちゃくちゃになることだって」

本当に恐ろしいのは、敗訴して世間に叩かれることではない。疑心暗鬼《ぎしんあんき》に囚《とら》われて、どこからか罪を探しだしては突きつけて、仲間を信頼できなくなることだ。そうなってしまえば月夜野ドリンクは終わりだ。新たな商品を生みだすための議論の火は消え、アイデアの芽は育たず、なんとか製品を捻《ひね》りだしたとしても、売ろうと懸命に奔走《ほんそう》する者はいなくなる。隣にいる仲間すら守れない人間が、目に見えない知的財産を守れるだろうか？

「会社なんてしょせんはビジネスです。みんな生きるために仕方なく、組織の駒《こま》となって働いてるわけです」

究極的には、潰《つぶ》れようが自分が無事ならそれでいい。亜季だって、そう割り切って生きてきた。

「でもわたしは、この経験も時間も、培《つちか》った関係も、全部が全部ビジネスだとは思いません。会社でのわたしだって、わたしの人生の大事な一部なんですから。だから、負けたっていいんです。負けたときに誰かを責めるための準備をするくらいなら、今回の裁判なんて勝てなくたっていい。まずは、そういう心構えに立ち戻るべきだと思うんです。——そのうえで」

と言葉に力を込める。

「そのうえで、勝ちにいくべきだと思うんです。裁判にただ勝つって意味じゃなくて、一枚上手になるって意味です」

ジェットコースターのごとく繰りだされる亜季の言動に翻弄《ほんろう》されて、上司ふたりは唖然《あぜん》としている。その驚きが呆れにとって代わるまえに訴える。

「だって訴訟が始まったとして、まだ一審ですよね。ここで負けたからって終わりじゃありません。知財高裁に上訴できる」

それでもだめなら最高裁だってある。めげずに司法の判断を仰ぐことはできる。

「もちろん、高裁で争っても勝てないかもしれません。相手の特許を無効にできなくて、結局不利な和解で決着をつけざるをえないかもしれません。でもすくなくとも世間には、戦った末の和解と見せることはできます。こちらにもなにかしらの正義はあったんだと思わせることはできる。パテント・トロールだって、わたしたちがそこまで粘れば、次は負けるかもしれないと思いますよね。簡単にカモにはできないって。なにより、不安がる社内の人たちに、筋を通したわたしたちの姿を見せたいんです。ここで筋を通せなければ、知財部への信頼は失われてどのみち月夜野ドリンクは終わるんです。だからわたしたち知財部は、絶対間違ってないと胸を張るべきなんだと思います。崖から落ちるその瞬間まで、大丈夫だって言い続けなきゃいけないんです」

こんな簡単なこと、経験豊富な上司たちは当然わかっている。

それでもあえて口にする。わかりきった事実を、恥ずかしい正論を、堂々と口にすることでしか動かないものはある。

「今となっては裁判に関して、わたしにできることはありません。やりとりは弁護士先生が進めるもので、わたしはせいぜい別の証拠を探し続けるくらいしかできません。でも、それでも、気構えというか、気持ちは示せるんじゃないかと思ったんです。気持ちしかないんだからこそ、ちゃんと打ちださなきゃって」

ダサくても、不格好でも、まっすぐに伝えたい。なにかのどこかを動かすかもしれないと信じていたい。

前のめりに告げる亜季を見あげていた北脇と熊井は、やがて顔を見合わせた。

「……超論理すぎてじゃっかんついていけませんでしたが、なんというか、堂々と負けてもいいとか言われると脱力しますね」

「本当だね。どうやったら負けないかばかり毎日考えてたから」

見合わせたまま苦笑している。亜季は急に恥ずかしくなった。

「あのですから、えっと」

「確かに藤崎君の言うとおりだね。たとえ裁判に負けたとしても、僕らはなにも恥ずべき仕事はしていない、そこはぶれてはいけないんだ。そういう知財部の覚悟を『勉強会』で堂々と主張してみる。僕が迷ってるのが伝わるからこそ、みんな余計に不安になってしまっているんだろうな。それが今、よくわかったよ」

熊井が目を細めて立ちあがる。

「確かに控訴審だってあるし、それに僕らの戦いは、なにも裁判だけじゃないしね」

冷蔵庫から『緑のお茶屋さん』を三本取りだして、まずは北脇にさしだした。

「さっきは言い方が悪かったね。僕は、君には別の、大事な仕事を任せたいって言いたかったんだ」

やわらいだ熊井の声がなにを伝えんとしているのかを悟って、北脇はわずかに目を見開いた。

「……僕に任せていただけるんですか」

「うん、いろいろ考えたけど、やっぱり君しかいない」

などと言いつつ『緑のお茶屋さん』を受け渡す上司たちを眺めて、亜季ははっとした。

侵害訴訟の話だろうか。いや違う、これはアレの話だ。

そう、訴訟とは別に、知財部には知財部の戦いがある。ずっと備えてきた、亜季たち三人の戦いが。

「いよいよ、特許無効審判を請求するんですか？」

田崎に特許権侵害訴訟を起こされるのは時間の問題だ。いざ訴訟を起こされれば、月夜野ドリンクは防戦しなければならない。だがしかし、防戦一方というわけでもないのだ。こちらから仕掛けられる戦いも、また別に存在する。

それこそが、特許庁に請求する特許無効審判なるものだった。

前のめりに尋ねた亜季に、うん、と熊井はうなずいた。

「もし訴訟で僕らの主張が認められなかったとしても、無効審判を請求すれば、まだ望みはあるからね」

『苦み特許は無効である』。訴訟が始まれば、月夜野側は当然そう訴えて、そもそも相手の特許権は無効なのだから、侵害なんて存在しなくなるのだと主張する。しかし裁判官に受けいれられるとは限らないし、そもそも裁判中でこちらの抗弁が受けいれられる、すなわち『苦み特許』が特許に適さないと認められたとしても、『苦み特許』の特許権そのものが消滅するわけではない。

なぜならば、特許権を与えるのも消滅させるのも、基本的には裁判の結果それ自体ではなく、特許庁の権限において為《な》されることなのだ。

だからこそ、亜季たちには攻めの一手が残されている。特許庁に無効審判なるものを請求して、そこで審判官が『苦み特許』を無効だと認めれば、その時点で『苦み特許』は権利を失う。もとからそんな特許権、なかったかのように扱われる。パテント・トロールは今回の事件のみならず、未来永劫《えいごう》『苦み特許』をビジネスのカードとしては使えなくなる。

問題は、まったく消える。

「……まあ、簡単に勝てるって話でもないけどね」

と熊井は笑った。

「ただ防戦しなきゃいけない側の僕らも、無効審判を請求すれば主体的に相手を攻めることができる。それだけじゃなく、もしもの逃げ道にも使える」

侵害訴訟も無効審判も、結局は同じことが問題となってくる。

『苦み特許』が、特許に値するのか否か。

しかし管轄《かんかつ》は別だ。侵害訴訟は裁判所、無効審判は特許庁。だから審理も、まったく独立に、並行して進む。

ほとんど同じことが争点となる争いが、別の場所で同時に起こる。そして裁判所の裁判官と特許庁の審判官それぞれが、独立に是非《ぜひ》を判断する。裁判所が特許庁の審理に指示を出すことも、特許庁の結論が裁判を左右することもない。だから、双方の結論が食い違う場合さえある。

「つまりは命綱が増えるってわけですよね。どちらかがだめでも、どちらかは勝てるかもしれないいんですから」

もし当落線上にいるのなら、たった一度きりの試験で白黒をつけるより、別の試験ふたつで実力を試すことができれば、合格の可能性は当然あがる。

「しかも今すぐ無効審判請求をすれば、審判の審決のほうが、判決よりさきに出るかもしれない。そこで有利な審決を手にできれば、世間の評判だって変わりますよね。たとえ訴訟のほうでは負けたとしても、すくなくとも一勝はしているんですから、月夜野が完全悪とは言えなくなる」

「もちろんそういうイメージの低下を食いとめる力もあるし」

と熊井は、『完全悪』という言葉にすこし笑った。

「そもそも裁判と審判で無効かどうかの判断が分かれたら、その時点で僕らの負けも、向こうの負けも、いったんなくなる」

「……そうでしたっけ」

「侵害訴訟っていうのは、侵害論と損害論が分けて論じられるから」

と北脇が口を出した。

「まず裁判所が判断するのは侵害論。つまり僕らが侵害しているかどうかだ。そして侵害していると認めると、そこではじめてどれほどの損害が出たのかの損害論の審理に移る」

しかしもし裁判所と特許庁で侵害の有無に関する認識が分かれたならば。

「裁判所はそこで訴訟を中止できる。まずは、判断が食い違った侵害の該非《がいひ》が、上級審で論じられることになる」

「そっか、だからすぐには判決は出なくなる、つまり時間が稼げる」

もし無効審判請求していなかったら、裁判所が『侵害してますね』と判断したら敗訴まで一直線、歯止めを利かせられるものはない。

だが無効審判で勝ちを手にできてさえいれば、すくなくともその時点の負けはなくなる。裁判の結果は保留される一方で、『審判で勝った』という有利な印象を世間に抱かせたまま、上級審に進むことができる。そうなれば世間の反応も、総合発明企画の戦略も、おのずと変わってくるだろう。

「やっぱり無効審判、超大事ですね！」

「そう、超大事なんだよ」と熊井はうなずいた。「世間は侵害訴訟に気を取られて、こちらにはたいして注目しないだろうけど、ある意味裁判の行方も、相手との決着の行方も左右する勝負どころなんだ」

そっか、と亜季はおかしくなった。

「なんだか、わたしたち知財部そのものみたいですね」

誰も知らなくても、軽視されようともそこにある。華々しい表の世界を支えている。気が抜けなくて、細かくて、報《むく》われづらくて、それでも大切で。

そしてそんな重要な勝負を、熊井は今、正式に北脇に預けたのだ。

無効審判も、侵害訴訟に関わるもろもろのように弁護士に任せることもできた。しかし熊井は大勝負の責任を、自身と自身の直属の部下に負わせると決意した。無効審判は訴訟とは違って、弁理士さえいれば事務の手続きから口頭審理での答弁まで、すべて完遂が可能だからこそ、知財部の戦《いくさ》として引き取った。

亜季はうずうずとした。ずっと願っていたことが、胸の底から湧きあがってくる。このタイミングほど頼みこむのに適切なときもない。

「あの、熊井さん、北脇さん」

「なに？」

「無効審判、わたしも関わらせてください！」

ふたりの上司は瞬《また》いた。

「どうする？　北脇君」

と熊井が窺《うかが》うと、北脇はすげなく首を横に振る。

「賛成しかねます。今回の件、知財部からは僕ひとりで充分ですから」

「……藤崎君は頼もしくなったよ」

「それはまったく同意します。だからこそ、藤崎さんには通常業務に集中してほしいんです。そちらだって大事な仕事だ」

「それはわたしもわかってます、でも」

亜季は一瞬ためらって、それでも続けた。「わたしも一緒に責任を背負いたいんです」

「必要ない」と北脇はにべもないが、熊井は尋ねてくれる。

「なぜそう思うの」

それは、と亜季はペンを握りしめる。

「知財部の中に悪者を作りたくなくて」

「悪者？」

「はい。この仕事って、どうしても悪者にならなければいけないときがありますよね？だとしても、そのときはみんな一緒がいいんです。どういう結果になっても、知財部は一枚岩であり続けたいです。そのためにはわたしもわたしなりにこの事件に関わって、わたしにできる限りの責任を負いたいんです」

瀬名が予言したような、知財部内で誰かを糾弾し犠牲にする末路は迎えたくない。失敗したと悟ったとたん、蜘蛛《くも》の子を散らすように逃げていく人間にはなりたくない。ビジネスでも嫌なのだ。

それは、亜季の生き方の問題だ。

未開封の『緑のお茶屋さん』を握りしめている亜季を、熊井はしばらく眺めていた。そして「なるほどね」とやさしい顔をした。

「確かに知財部員である以上、この事件に関わろうと関わるまいとなんらかの責任からは逃れられないのかもしれない。だったらちゃんと仕事をしてもらうのもありだね」

「僕は反対です」

「実務的にも、無効審判請求に関わる事務のいっさいを藤崎君に取り仕切ってもらったほうがいいんじゃない？　書類に不備があって審理が遅れるようじゃ元も子もないでしょ。ねえ藤崎君」

はい、と亜季は大きくうなずいた。

「任せてください。北脇さんの負担を軽くできるよう頑張ります。お願いします」

北脇はなにか言いかえそうとした。だが深く頭をさげた部下と、考えを変えない上司を順に見やり、やがて小さく息を吐いた。

「……わかりました。それでは事務だけ、それだけ、藤崎さんにお願いします」

「うん。じゃあ藤崎君、任せてもいいかな」

亜季は顔をあげ、しっかりと答えた。

「もちろんです！」

熊井は『緑のお茶屋さん』を綺麗に飲み干し、意を決して『勉強会』に向かった。

「北脇君が引き受けてくれたことだし、『勉強会』でも無効審判が並行して行われることは強調しておくよ。ジャッジする人間が別だから、別の見解が出る可能性もそれなりにあるって聞けば、みんなすこしは落ち着くかもしれない」

そう言い残した後ろ姿にエールを送ってから、亜季は残った直属の上司をそっと窺った。

「……わたしがお手伝いするの、嫌でしたか？」

「まさか。頼りにしてるよ」

と北脇はこちらに目を向けないまま、よどみなく言った。「それにさっきは助かった」

「なんの話です」

「負けてもいいとかなんとか言って、空気を変えようとしてくれたでしょ」

「……ほんとすみません。偉そうなこと言って」

「別に僕は気にならなかった。むしろあのタイミングであんなふうに気持ちをはっちゃけられる藤崎さんはさすがだなと思った」

北脇は『緑のお茶屋さん』のパッケージ上で、月を見つめるウサギの背中に目を落としている。

感謝されているのだと気がついて、「いえ」と亜季は笑ってうつむいた。

褒めてもらうようなことはなにもしていない。ただ熊井も北脇も、内心では亜季と同じく思っていた。みな、ビジネスの同僚として以上の敬意をそれぞれに抱いていた。だから結果的に亜季の突っ走った感情を受けいれてくれた。それだけだ。

それにしても。

と亜季は、黙りこんだ上司の横顔を見て思う。

口ではどうごまかそうとやはり北脇は、亜季が無効審判に関わることを嫌がっているように見受けられる。いったいなぜなのだ。

「ますます忙しくなりますね。北脇さんは裁判の準備と並行して、無効審判請求も進めなきゃいけませんもんね。大丈夫、手続きに関しては任せてください、なんていったって相手は勝手知ったる特許庁ですから」

「それは心強いけど」

「……けど、なんです？」

「いや、藤崎さん、やる気満々だなと思って」

「任せてもらったから嬉しいんです。それに無効審決を勝ち取れれば、状況は一変するじゃないですか。訴訟の裏でひそかに行われている知財部の戦いが、訴訟の行方、ひいては月夜野ドリンクの未来を決めるかもしれない。自然とやる気がでちゃいますよ」

「勝つ気なのか。さっきは負けたっていいって言ってただろ」

「それとこれは別です。もちろん仲間が頑張ってくれて、それでも負けるのは受けいれます。でも自分が見逃し三振で打席を降りるのは嫌なんです」

これが一打逆転のチャンスだとすればなおさらだ。食らいついていきたい。

だが北脇の表情は厳しかった。

「なにか誤解してるかもしれないけど、僕らが勝てる可能性は極めて低いからな」

「……そうなんですか？」

「無効審決を勝ち取れる可能性は約十七パーセント。体感的には、ほぼ勝てないと思っていい。すくなくとも相当こちらで理屈を作って、強い証拠を持っていないと無理だ」

思わぬ数字に、亜季は口ごもった。みな、やみくもに無効審判を請求しているわけではない。証拠を揃え、しっかりとした主張を用意して、勝算があると信じて突っこんでいるのだ。にもかかわらず、実際無効にできた特許は二割に満たない。

さすがに低い。もうすこし勝算はあるかと思っていた。

「特許を無効にするのって、そんなに難しいものなんですか」

「そりゃ審査官の審査を覆そうっていうわけだから。まあ最近は、とくに渋い傾向が強いらしいけど」

「最近って」

「裁判所の意向だと言ってるひともいるな」

一般的にトラブル対応というものは、徐々にエスカレートしていく。侵害の該非を巡ってどこぞの企業と対立したとして、実務上、いきなり訴訟をふっかけることはほぼありえない。まずは異議申立や強制力を持たない判定なる制度を活用して相手の出方を見るし、それでも揉《も》めれば無効審判。ちなみにここまではすべて、特許庁の制度を活用したものである。裁判所での訴訟に至るのは、企業にとっては最後の最後の手段なのだ。

ただ裁判所としては、積極的に裁判で争ってほしい。それで特許庁での無効審判で、無効審決がくだる確率が下がっているとかなんとか。

「事実かどうかもわからない与太《よた》話ではあるけど、とにかく無効審判で僕らのほしい結果が出る可能性が著《いちじる》しく低いのは事実だ。それでも藤崎さん、やるの？」

北脇は鋭く亜季を見つめた。

「散々瀬名良平《りょうへい》の件で苦しんだでしょ。知財部の仕事は他にもたくさんある。そっちを回してくれればと僕は思ってた」

その声を聞いてようやく亜季は理解した。なぜ北脇がこれほどまでに、亜季がこの事件の実務に関わることを渋っているのか。

このひとは、心配してくれているのだ。

そう悟ったからこそ、亜季は退《ひ》かなかった。

「もちろんやります、やらせてください」

「なにもわざわざ勝ち目の薄い無効審判に関わって、社内の恨みを買うことはないんだ」

「今さらですよ。販売部や営業部から見たら、正直熊井さんも北脇さんもわたしも大差ないんです」

熊井が言っていたとおりだ。直接この事件に関わろうと関わるまいと、負ければ『諸悪《しょあく》の根源知財部』として恨まれるのは同じ。だとしたら、堂々とバットを振り抜きたい。懸命に球を当てて走りだしたい。泥だらけになろうと一塁《るい》を目指したい。

それに。

「さっきも言ったとおり、わたしも知財部の一員ですから。最後まで責任をとりたいんです。もちろん平社員なので社内的な責任はまったく担えないですけど、それ以外は全部、ちゃんと受けとめます」

瀬名良平に陥《おとしい》れられたときとは違う。亜季たちは胸を張って自分たちの正義に打って出た。その結果は受けいれる。受けいれたいのだ。たとえ敗《やぶ》れたとしても。

北脇は長く沈黙して、やがて低い声で告げた。

「……わかった、勝とう。なにがなんでも無効審決を勝ち取りにいこう。それでこの事件には決着をつける。僕が、決着をつける」

瞳には、決意が滲《にじ》んでいた。

【0003】

最初で最後の審判

総合発明企画は差止仮処分の申立てを取り下げて、月夜野《つきよの》ドリンクを相手取った特許権侵害訴訟を提起した。

そして月夜野ドリンク側も、総合発明企画が権利を保持する通称『苦み特許』の無効審判を特許庁に請求した。

侵害訴訟は付記弁理士である又坂《またさか》と、水本《みずもと》弁護士率いる水本法律事務所の弁護士が代理人として名を連ねた。実際の対応や戦略立案は彼らが中心となって進め、社内実務は法務部が請け負っている。もちろん技術について誰よりよくわかっているのは知財部だから、北脇《きたわき》は補佐人弁理士として訴訟にも参加していた。

そして無効審判は当初の計画どおり、弁護士たちと連携しつつ、知財部が主体となって進めることになった。

「知財部では、『苦み特許』が無効だと主張するための証拠や書類を、裁判と無効審判それぞれに準備する予定です。まず裁判のほうのスケジュールですが、第一回の口頭弁論というのが、訴状が届いてから二カ月ほど経《た》ってあるのが最初と聞きました。といってもこの口頭弁論は、原告の主張の確認と予定決めみたいなものなので、無効の抗弁の書類が揃《そろ》っている必要はないそうです」

亜季《あき》は会議室の机一面に広げられた書類を指差し、ヘルプに入ってくれている横井《よこい》に説明した。

「まだ余裕があるってことか」

「はい。第一回口頭弁論のあと、弁論準備手続きというものが始まるんですが、それまでには公知技術の調査をほとんど終わりにして、相手の特許が無効であるっていう主張と、その証拠を書面にまとめたいです」

侵害訴訟においては、まずは侵害対象品の確定から始まり、侵害があったのかどうかについて、双方の主張を文書で確認する弁論準備手続きなるものが何度かくり返されたのち、侵害の該非《がいひ》の結論がくだされるのだそうだ。ちなみに、おおむねの期日は裁判所と原告、被告の三者で話し合ってあらかじめ定められるため、亜季たちが必要な証拠を揃える期限は、期日が決まり次第見えてくるだろう。

「又坂先生と水本先生は、なるべく余裕をもって期日を設定するって仰《おっしゃ》ってくれました」

「それはありがたい。ていうか、うちの希望もちゃんと反映されるんだね」

横井は心底ほっとしたように言う。その気持ちは亜季にもよくわかった。普段から司法に関わるわけでもない人間は、訴えられたというだけで罪人になってしまったかのように感じてしまう。こちらの都合なんてお構いなく、有無を言わせず法廷に引きずりだされてしまう気がするのだ。

だがこれはあくまでビジネス上の争いなのだから、訴えられたほうだからといって意見が無視されるわけはないし、ましてや卑屈になる必要はない。

亜季はそう、誰よりなにより自分に言い聞かせた。

「じゃあ訴状が来てから三カ月くらいをデッドラインに見ておけばいいわけね」

「裁判に関してはそうです。でもわたしたちは無効審判も並行して進めますから」

「審判……っていうのは、うちが訴えたほうだっけ。裁判所じゃなく特許庁がジャッジするやつ」

「はい。こちらはうちがふっかけるので、審判請求の時点でこちらの主張と、主張を支える証拠を全部揃えて提出します」

「全部？　裁判のほうもあるのに？」

「大丈夫です、請求の趣旨っていう主張そのものの部分は北脇さんたちが揃えてくれるそうですし、実は形式的な書類も、わたしができるところはもう仕上げてあるんです」

「え、ほんとだ。すごい、わたしなんて必要ないじゃない」

亜季が用意した一連の書類に目を通して驚く横井を、「まさか」と亜季は見つめた。

「すごく必要です。わたし、ここで絶対に後《おく》れをとりたくなくて」

特許庁に審判請求書が届くと、まず書類の抜けがないか、審判請求に適格であるかなどを調べる形式的な審査が行われる。それをクリアしてはじめて本案審理、つまり実際に無効かどうかの審理へと道がひらける。

北脇は、なるべく無効審判の審理を裁判より先行させたいと言っていた。無効審判の審決のほうが、裁判における侵害論の結論より早くに出るのが理想だと。

ならば方式の不備などで時間を無駄にはできない。絶対にだ。

「横井さん、すごく細かいミスまで気がつくんだって、昔その……五木《いっき》さんが言ってました。だからこそ横井さんにヘルプを頼んだんです」

「五木君が？　……そっか」

横井は遠い目をした。それから胸を張って、ちょっと冗談みたく言ってくれた。

「任せて。わたしもね、自分の仕事には自信と誇りを持ってるんだ。なんといっても入社以来、重箱の隅《すみ》をつついて一筋の一流総務だから」

北脇たちは、無効審判の請求の趣旨を書きあげた。そして亜季と横井をはじめ、多くの人間が何重にもチェックして、審判請求書は特許庁に提出された。すぐさま書類は方式審査に入り、ほどなくして方式完備である旨《むね》と、審判請求書の副本が総合発明企画側に送達されたとの旨が知らされた。

「問題なく審理に入るんだね。まずは書類仕事お疲れさま」

とさやかに温かいコーヒー缶を渡されて、亜季の頰《ほお》は緩んだ。『夜のホっとコーヒー』。今は朝も朝だが、もちろん嬉《うれ》しい。ちょうどほっとしたいところだったのだ。

「上司たちも喜んでたんじゃないの？」

「それはもう。熊井《くまい》さんなんて、久々に攻撃できてすっきりしたなんて冗談言ってましたよ」

「あのほんわかしてる熊井さんも言うんだねえ。北脇さんは？　よくやったって、ラスクの一枚でもくれたんじゃない？」

いえ、と亜季は微笑《ほほえ》んだ。

「北脇さん、最近そういうのしないので」

「……なんかあった？」

「いえ全然！」と亜季はごまかした。北脇はもう二度とラスクはくれないだろう。その理由を亜季はきっと、一生胸のうちにしまい続ける。

「というか北脇さん、無効審判と訴訟のどっちにも噛《か》んでるので忙しくて。ずっと電話に出たり、ビデオ会議したりで雑談の暇もないんですよ」

「ああー訴訟もあるもんね。大変だなあ」

納得した様子のさやかの隣で、亜季はコーヒー缶を握ってひそかに息をついた。

北脇が忙しいのは本当だ。又坂や水本の法律事務所からは毎日のように連絡が来るし、他にもあらゆる人間からひっきりなしに電話がかかってくる。

ついさきほどなど、北脇は社用スマートフォンを耳に当てるなり『お世話になってます、遼子《りょうこ》さん』と言って席を立った。熊井の妻であり、地元の新聞社の記者をしている遼子からさえも連絡が来るのである。忙しすぎる。

なんて思ったところで、ふと疑問が湧いた。

社用スマートフォンにかかってきたのだから、あれは仕事に関する電話だったはずだ。しかしなんのために遼子と連絡を取る必要があるのだろう？

「それで結局、どうやって『苦み特許』が無効だって主張するの？」

さやかの声に、考えこんでいた亜季は我に返った。

「えっと、『切れ味』については計画どおり、新規性がないと主張します」

相手の『苦み特許』を無効とするポイントはふたつ。まず『切れ味』のほうは予定どおり、新規性が喪失していることを示す先行文献を証拠として提出した。こちらはまず間違いなく、月夜野側の主張が通るだろう。

問題は、『切れ味とコク』のほうだった。

「『切れ味とコク』については、用意していた証拠がちょっと怪しくなってきてしまったので、ぎりぎりまで別の証拠を探してたんですけど……」

「見つからなかったんだね」

そうなのである。

『苦み特許』の製造過程で使用している化合物に特許性がないと証明できれば、『緑のお茶屋さん』への疑いはきれいさっぱり消えてなくなる。だがY事件の判例によって、この主張が成立するかは五分五分になってしまった。

月夜野の主張は、『特許W』と『特許X』なるふたつの証拠の組み合わせによって、今《いま》宮《みや》食品の特許に記載されている『コク向上化合物』の進歩性を否定するものだ。『特許W』に不足している部分を『特許X』の中から選んで置き換えるという作戦なのだが、さきの

Y事件の判例により、深刻な懸念が生じてしまった。

Y事件では、選択肢があまりに膨大だという理由で、『この選択肢のうちから特定のひとつを選ぶのは容易』という重要なロジックが通用せず、主張自体も退《しりぞ》けられる結果となってしまった。残念ながら亜季たちも、同じロジックを使う形なのである。つまりY事件と同じ轍《てつ》を踏む可能性がおおいにある。

それで北脇たちは、別のもっと堅いロジックを用いられる証拠を最後まで探し続けたのだが、結局見つからなかったのだった。

「それ、ちゃんとどうにかなるの？」

「どちらに転ぶかを現段階で予想するのは難しいですが、総合発明企画が出してくる答弁書次第では、勝ちの目もいくらかはあるかと」

ただ、と亜季は、ぬくもりが去りつつある手元の缶に目を落とした。

「あの田崎《たざき》とかいう人が、そう簡単に引きさがるとも思えません。審判を有利に進めるため、Y事件をかなり分析して臨んでくるんじゃないかと思うんです」

月夜野の主張が通用するかは、Y事件を経て専門家のあいだでも意見が割れてしまっている。こちらで結果の予想はできない。つまりすべては審理を担当する、三人の審判官からなる合議体の心証によって決まる。

「そっかあ。あのY事件の判例さえなければ、悩む必要なかったのにねえ」

「そうですね……。でも、やってみないとわかりませんから。ベストを尽くしてみます」

噛みしめるように言えば、「頼もしいなあ」とさやかは目を細めてくれた。

「頑張って。結果がどうなろうと、わたしは亜季の味方だから」

大好きな先輩のやさしいエールに、亜季はすこしだけ表情を緩める。それから深々とうなずいた。


侵害訴訟は第一回の口頭弁論が終わり、争点整理のための準備手続きに入った。被告となった月夜野ドリンクは、否認と無効の抗弁のための、準備書面の作成を急いでいる。

一方の無効審判は、防御側である被請求人・総合発明企画の答弁書が、期日となる六十日間のぎりぎりいっぱいを使って提出された。知財部の読みどおり、総合発明企画は答弁書と併せて訂正請求書も提出した。『切れ味』のみの請求項《クレーム》を削除して、メインクレームを『切れ味』と『コク』を両立する製造方法まで減縮してきたのである。勝ち目のない部分を切り捨てたのだ。

さらに予想どおり、田崎はY事件の判例を持ち出して、『特許W』と『特許X』を組み合わせて進歩性なしとするロジックは成り立たず、よって『苦み特許』は無効にはなりえないと、理路整然かつ激しい主張を展開した。

その書きぶりを目にしたとき、亜季は正直言葉を失った。

これは、かなり厳しいかもしれない。

当初の協議で見せていたそつない仕事ぶりとも、メディアに登場するときの濃すぎるキャラクターとも違う、めちゃくちゃに頭のよい人間の主張がそこには展開されている。

『敗北』の二文字が一瞬頭の隅をよぎる。

もちろんすぐに振りはらった。馬鹿《ばか》みたいだ、勝負は決まってはいない。北脇の書いた請求書だって素晴らしいできばえだったし、審判合議体の心証がどちらに傾いているかなんて現時点ではわからない。

そもそもまだ、口頭審理があるんだから。

裁判における口頭弁論に相当するのが、口頭審理だ。攻撃側と防御側が審判廷に一堂に会し、今まで文書で行ってきた主張を口頭で行う。一般的には、この口頭審理が終われば審決へと向かうから、ここがある意味、審判官の心証を揺るがすことのできる最後のヤマだった。

そしてとうとう今回の審判合議体を率いる審判長・三浦薫《みうらかおる》は、双方の主張が出そろったとして、口頭審理を行う旨が記載された審理事項通知書を送付してきた。

この通知書には、これまで双方が展開した主張に対する審判合議体側の疑問点や、口頭審理での争点がはっきりと書かれている。いわば審判合議体の意見が詰まっている。この文書をもってはじめて亜季たちは、審判するほうがどのように考え、みなしているかを知ることになるのだ。

いったい合議体はどんな印象を抱き、どう処理しようと考えているのか。

緊張しながら読み進めた亜季は、やがて大きく息を吐きだした。ひととおり通知書を眺めてみると、月夜野側のほとんどの主張に関しては大きな指摘もない。すくなくとも意図は伝わっているし、それほど心証が悪いようにも思えない。

ただ。

「やっぱり合議体も、ふたつの証拠を組み合わせられるかに注目してるみたいですね」

やはりというかなんというか、合議体は『特許W』と『特許X』の組み合わせが無効の根拠として成立するかについて、対立する双方の主張を確認して整理することを最も重視しているようだった。

書類に記された審判長の名に目を落とす。三浦薫。男性だろうか、女性だろうか。

ふと知財部に異動したばかりのころの記憶が頭の隅をよぎった。あのときは『北脇雅美』は女性だと勝手に思いこんで疑わなかった。ずいぶんと遠くまで来た気がする。

「でもこの文章、一番肝心なところがわかんないですね」

「肝心？」

向かいに座った北脇は、パソコン画面を眺めている。

「審判合議体が現時点で、うちの組み合わせのロジックをどう思ってるのかってとこです。成立すると考えてるのか、突っぱねるつもりなのか……わたしには読み取れなくて。北脇さんはどうです？」

「僕にもわからないな。合議体側も、この時点で下手に心証を開示しないよう慎重に書いている節がある」

「ですよね……」

亜季はちらと上司の表情を窺《うかが》って、眉を寄せた。

また、思いつめたみたいな顔をしている。

北脇はこの頃、とみに口数がすくなかった。本人はなにも言わないし悟らせる気もないようだが、その心情が亜季にはわかる。この数年、北脇ばかりを見てきたからわかりすぎるほどわかってしまう。

このひとは、劣勢だと感じているのだ。負ける覚悟をしている。そしてそれを周囲の人間と、なによりすぐそばにいる部下に悟られまいと気を張りつめている。

北脇さん。

胸が苦しくなってくる。こんな顔を見たくはないのに。

なにくそと唇に力を入れた。だから、まだ勝負は決まっていないではないか。感傷《かんしょう》に流されそうになる自分を奮いたて、パソコン画面に目を向ける。キーボードを叩き、特許庁のウェブサイトで検索をくり返す。

努めて明るく口をひらく。

「審判長の三浦薫さん。審査官をそこそこ長くされたあと、審判官になった方みたいですね。入庁年度から考えると、今は四十代の半ばから五十代はじめくらいかな」

「審判長の素性を詮索してどうする」

モニターの向こうから冷ややかな上司の視線が現れる。予想どおりの質問だ。

「審判長の心証をなんとか知れないかなと思ったんです。わたしたちの主張に同意してくれているかは別にしても、ジャッジする人の考え方を把握《はあく》できていれば、作戦が立てやすいんじゃないかと」

合議体を主導する審判長が月夜野の主張に近い考えを持っているのなら、このまま押していけばいい。逆に田崎の主張に傾いているのならば、『特許W』と『特許X』の組み合わせではなく、別の手堅いロジックを軸《じく》に作戦を組み立てなおして、無効を勝ち取るのは難しくとも、せめてできる限り相手の陣地を削りとる戦略に変えるべきかもしれない。

どちらにせよ、審判長が現段階でどう考えているのかを知れれば、戦いやすくなるのは間違いない。

「まったく言うとおりだけど、なぜ心証を把握するために審判長の経歴の詮索なんかが必要なんだ」

「詮索じゃありません、れっきとした人となりの調査ですよ」

「まさか人となりから、特定の事件の、特定の証拠に対する心証が読み取れるとでも思ってるのか。ありえない」

「ありえない……わけじゃあないと思いますよ？　ほら、たとえば――」

「藤崎《ふじさき》さん」

と北脇は立ちあがり、強く制した。

「余計なことはするな。それは藤崎さんの仕事じゃない」

「ですけど」

「賭《かけ》に負けるときは負けるよ。気持ちだけじゃどうしようもないって、藤崎さんにだって経験あるだろ」

もちろんある。北脇が賭に負けた、あの冒認出願事件が瞼《まぶた》に浮かぶ。冷たい風に吹かれてうなだれていたその背中が。

「でもあのときは、結局は勝ったじゃないですか」

「勝てる証拠があったからだ」

「だったら今回だって――」

「自分の仕事をして。期待してるから、よろしく」

あからさまなビジネススマイルの念押しは、これ以上反論すれば問答無用で業務から外すと告げているようなもので、亜季はなにも言えなくなった。


口頭審理で話す予定の主張は、あらかじめ口頭審理陳述要領書なる書類にまとめる必要がある。それは間違いなく亜季の仕事のはずだったが、北脇は自分がまとめるからと言って、代わりに亜季には通常業務のタスクを大量に課した。

そのときは黙って了承したものの、実のところ、亜季は簡単に引きさがるつもりはなかった。北脇は真面目で優秀で、わりと繊細で、なぜか自己評価がめちゃくちゃ低い一面があって、だからこそ責任を背負いこむ。そんなの全部わかってるから、はいそうですかとは諦《あきら》められない。三浦審判長の人となりから心証を探るというアイデアが間違っているとも思わない。だから、意見を聞いてもらえないのなら、まずやるだけやってやる。結果を見せればいいのだ。そうすれば北脇は必ず耳を傾けてくれる。

　後回しにできる仕事は全部あとに回して、パソコン画面と睨《にら》み合った。人となりといっても、プライベートを詮索するつもりなんてない。特許庁の審判官といえど、あくまで為《な》しているのはビジネス。だがビジネスだって人が行うものなのだから、当然その人間の考え方が、ありかたを決める。ふるまいや言動を丁寧にさらっていけば、ビジネス上の考え方だって浮かびあがるはず。

　そう信じて数日調査を続け、そして亜季はとうとう、三浦審判長が『特許W』と『特許X』の組み合わせについてどう捉《とら》えているか、ひとつの仮説に至った。

　もし、この推測が正しいとしたら。

　あとは北脇を説得できるよう、裏付けをなんとか得ることができれば――。

　午後いっぱい工場で技術の聞き取りをしてからの帰り、研究所に続く駐車場脇の細道を歩きながら考えこんでいたときだった。

「本当にありがとうね、北脇さん」

　聞き覚えのある声が耳を掠《かす》めて、亜季はつと顔をあげた。

　植え込みの向こうの駐車場、青いシビックの傍《かたわ》らに男女の姿がある。ひとりは北脇、そしてもうひとりはといえば、熊井の妻の遼子だった。

なぜ、と亜季は眉をひそめた。先日電話で話していた件についてか。

遼子は明るく続けた。

「熊ちゃんのこと、支えてくれて感謝してる。会社の同僚ってさ、まあ言ってもビジネスパートナーにすぎないわけじゃない。プライベートで信頼できる人みたいに、なにがあっても味方ってわけじゃない。今回の事件でそれをあらためて突きつけられて、熊ちゃんちょっと参ってたんだよね。あのひと、ほんとやさしいから」

でも、と遼子はやわらかな眼差《まなざ》しを北脇へ向けた。

「この頃はずいぶん元気が戻ってきたよ。たかがビジネス上の上司だって突き放さずに、仲間でいてくれてありがとうね」

「いえ」

と北脇はすこしうつむいた。「僕ではなく、藤崎さんのおかげですよ。彼女はビジネスにすぎない人間関係の中に、本物の信頼を築きあげる天才です」

思わぬ言葉に亜季がひそかに息を呑《の》んでいると、「それはそうかもね」と遼子は笑った。

「じゃあ亜季ちゃんにまずは感謝する。もちろんそういう亜季ちゃんに感化されてくれた北脇さんにも」

「僕は別に」

「またまた。感化されたからこそ、こんなことを頼んできたんでしょ？」

思わせぶりに言いながら、遼子は封筒とメモ用紙を取りだした。はいこれ、と北脇に手渡す。

「メールに残るのもなんだから、直接渡すね。こっちの封筒の中がわたしが取材したもので、このメモは週刊ネーブルの記者の連絡先。この記者わりとまっとうな人だから、いざとなればちゃんと世間がざわつくように、必要な記事を派手に書いてくれると思うよ」

「ありがとうございます」

「まあ、そのいざというときが来ないように祈ってるけどね。わたしは記者としてはフラットに物事を見なきゃいけない。でもプライベートではいつでも熊ちゃんと、熊ちゃんの味方をしてくれるひとの味方だから」

だから頑張って、と遼子はやさしく言ってシビックに乗りこんだ。

車が駐車場を出ていくのを見送って、北脇も研究所に戻っていく。メモ用紙をしまいこみ、封筒を大切そうに抱えて。

その背中を眺めたまま、亜季は動けないでいた。

遼子の気持ちは嬉しい。それはそれとして。

あの封筒とメモ用紙は、いったいどういうことなのだ。

封筒の中身について遼子は、『取材したもの』と言っていた。おそらく北脇に頼まれ個人的に取材した成果なのだろう。

問題は北脇が頼んだ取材の中身、そしてなによりメモ用紙に記されているという週刊誌の記者の連絡先だ。そんなものがなぜ必要なのだ。世間がざわつくように記事を出すとは？　いざとなればの『いざ』とはいつだ。

まさか、と亜季は青くなった。

北脇はいざというとき——月夜野ドリンクが完膚《かんぷ》なきまで負けたとき、自分だけが悪者になるような記事を週刊誌に載せてもらうつもりなのか。

たとえばそう、『月夜野ドリンクの特許権侵害は、親会社から出向した社員Kの独断専行だった』というような——。

ふと浮かんだどぎつい文面を、亜季は慌《あわ》てて振りはらった。いや、さすがにそんな、ドラマじゃないんだから。

でも、もしかしたらと考えてしまう。

いても立ってもいられなくなって、小走りで研究所に戻った。階段を急いでのぼると、ガラスの壁に囲まれた知財部の居室が視界に飛びこむ。北脇の姿がある。帰り支度をしている。どうしよう、正面切って尋ねるか、それとなく探りを入れてみるか——。

などと考えていたのはすべて、ドアをあけたとたんに吹っ飛んだ。

「え、北脇さん？　……どうしたんです」

亜季は目を剝《む》いて北脇の机を見つめた。

その机上にはなにもなかった。本当に、なにひとつ残っていない。いつも持ち帰っているモバイルパソコンのみならず、端のほうに綺麗《きれい》に整理されて並んでいた万年筆のインク壺《つぼ》やノートの類《たぐい》すら影もない。

そして北脇は、ライム色の椅子《いす》の上に大きな紙袋を置いて、机に隠し持っていた各種お菓子をしまいこもうとしていた。

答えを待つまでもない。北脇は、この席を引き払おうとしている。

なぜ。

愕然《がくぜん》としていると、ああ、と北脇は顔をあげ、なんともないように言った。

「藤崎さん、もう帰ってきちゃったか。メールで伝えようと思ってたのに」

「伝えるってなにをです。まさかまた上化《じょうか》さんに戻っちゃうわけじゃないですよね？」

「まさか」

と北脇はすこし笑って、紙袋に目を戻した。

「このタイミングでほっぽりだすわけないでしょ」

「だったらどうして荷物の整理なんて」

「しばらく群馬には来ないから、片づけてるだけ」

「群馬に来ない？　東京本社に詰めるんですか？」

「そう、明日から東京で仕事することにした。よく考えれば、そのほうがやりやすい。裁判を一緒にやってる弁護士も弁理士も、会社のお偉いさんも、みんないるからな」

それはそうだ。でも、と亜季は思った。

わたしはここにいるのに。

「ですけど、口頭審理陳述要領書はどうするんです。わたしや横井さんがいるこの研究所のほうが進めやすくないですか？」

「要領書の事務的な手続きは僕がやるって言ったでしょ。今後書類仕事が必要になっても、こっちで手配する」

「……わたしに、この件から完全に降りろって言ってるんですか」

「そういうわけじゃない。ただ藤崎さんには、いつもどおりの仕事を回して――」

「わたし、降りませんから」

北脇の手が一瞬とまる。視線がわずかに鋭くなる。それでも亜季は退《ひ》かなかった。

「それって、わたしのためですか？」

「なんの話」

「『特許W』と『特許X』の組み合わせが無効理由として認められず、負ける可能性が高い。そう悲観しているから、わたしをこの案件から遠ざけようとしていますよね？　自分だけで責任を背負おうとしてますよね」

「藤崎さん」

「わたしを庇《かば》おうとしてますよね？」

北脇は身じろいで、ちらと亜季に目をやった。口元に硬い笑みを浮かべる。たぶん、『ちょっと自分を買いかぶりすぎじゃない』と笑い飛ばそうとでもしたのだろう。だがしなかった。顔をあげ、睨むようにして、亜季に向かい合った。

「上司として当然の判断をしているにすぎない。知財部全体が信用をなくしたら、あとあとまで響く。社内には、藤崎さんはシロだと思わせないと」

「瀬名《せな》君の件で散々疑われたのに、今さらシロもないですよ。それに、わたしも覚悟は決めてます」

「一介の部員がそこまで覚悟を決める必要なんてないって言ってるんだ」

「わたしは仲間じゃないってことですか？」

「仲間に決まってる」

「だったら最後まで、一緒に頑張らせてください。熊井さんは腹を決めてくださったのに」

「ドラマみたいなセリフでごまかさないでくれ」

「ごまかしてるのは北脇さんじゃないですか」

「俺は俺なりに心配してるんだ」

「その心配ってなんですか。どこから来てるものですか。わたしを心配してくれてるのは、ビジネスの北脇さんですか、それとも」

亜季は大きく息を吸いこんで、真正面から問いただした。

「――それとも、プライベートの北脇さんですか」

北脇の目がひらき、口の端が歪《ゆが》む。動揺と逡巡《しゅんじゅん》が瞳の奥を揺らがせているのがはっきりとわかる。亜季の胸の奥でくすぶっているのと同じ未練や熱までもが、よぎっていった気さえする。

だが北脇は瞬《またた》く間にそれらのすべてを抑えこんで、亜季を睨んだまま、低い声で言った。

「……もちろん、ビジネスに決まってる」

そうか。

亜季は小さく肩を落とした。すべてビジネスか。ビジネス上の心配でしかないのか。

そして一転、笑みを浮かべた。

「よかった、だったら心配なんて無用です。ぜひこき使ってください、もちろんコンプラと職責の範疇《はんちゅう》で」

ビジネスでいい、正解だ。わたしはあなたにそう言わせたかった。

「藤崎さん」

「心配っていうのは感情の問題です。つまり職務上不適な理由がはっきりあるってわけじゃないんですよね。だったら任せてほしいです、お願いします」

北脇は珍しく、しまったという顔をした。

「……卑怯《ひきょう》じゃないか」

まさかと亜季は笑い飛ばす。

「北脇さん仕込みの戦略上手って言ってくれませんか？」

冗談のように言いかえして、歩み寄る。その目を見る。

「北脇さん、わたし、バットを振らずに打席から降りるのはやっぱり、どうしてもできないたちなんです。だから最後まで頑張りたいです。堂々と無効審決を勝ち取りたいです。勝って、北脇さんが気持ちよく上化さんに戻れるようにしたいです。そして」

口を大きくひらいて、一気に告げた。

「そしてその暁《あかつき》には、ぜひ、プライベートのお誘いをさせてください。わたし、北脇さんと一緒に行ってみたいところがあるんです」

言った。言ってしまった。

でも後悔なんてなかった。今度こそ告げるのだ。あなたと観覧車に乗りたいのだと、たくさんの美しい景色を、わたしと一緒に見てくれませんかと。

それはきっと、絶対、楽しいはずだから。

瞳に力を込めれば、固く結ばれた北脇の口元がわずかに揺れる。交わす視線に葛藤《かっとう》が滲《にじ》む。

だがそれも一瞬で、北脇は挑むように見つめ返してきた。

「どんな理屈で勝ちをもぎ取るつもりなんだ。そこまで言うなら策はあるんでしょ」

「もちろんあります」

と亜季は打ち返した。そうこなくちゃ。それでこそわたしの上司。

「やっぱりわたしは、審判長が『特許W』と『特許X』の組み合わせを無効理由と認めてくれるつもりがあるのかどうかを把握して、そのうえで主張を展開するしかないと思うんです」

「無理筋だ。合議体の心証を探る手立てはない」

「わたしはあると思ってます」

一歩も退かずに言いかえすと、北脇の眉はあからさまにひそまった。

「……まさか直接尋ねに行くなんて言わないでくれよ。審判官は公平な審査をしなきゃならないんだ。利害関係者に審判の行方を左右する情報を明かすわけがない」

先回りして釘《くぎ》を刺されて、亜季はつい苦笑した。

「さすがに本人には訊《き》かないです。でも周囲の人からリサーチするのは可能ではないかと」

「周囲？」

「はい。そもそもなんですけど、先日のY事件判決って、新しい判断基準を示したものですよね。だから審査や審判に影響を受ける特許庁内では、間違いなく詳細に議論がされていると思うんです。特許庁では実務上、どこかに絶対線引きが必要ですから」

Y事件で証拠と認められなかった文献は、いわば七ケタの数字の暗証番号があったとして、そのすべての組み合わせ一千万通りがずらりと載っているようなものだった。確かにどんぴしゃな組み合わせも含まれてはいる。いるのだが、一千万通りもあるリストのうちのたったひとつにすぎない。赤字で書いてあるわけでも、太字であるわけでもない。なのにそこに特段注目するか？　米粒みたいな字でちょろりと触れていただけのものを、すでに見つかっているものだなんて言えるだろうか？

言えないよね、一千万通りからひとつを選んだ時点でそれは発明だよね、だから無効の証拠としては採用できません。Y事件ではそんな判決がくだったわけである。

それはいい、従おう。

しかし問題はここからだ。もし候補が十にも満たなくて、そのリストが出回っているとしたらどうだ。さすがに知りませんでしたとは言いがたいだろう。

では候補が百ならば？　千ならば？　膨大なリストのうちで、特別太く、大きく書かれているならば？

どの程度までならば、『すでに見つかっている』と認められて、どこからは認められない。どこに線引きがされる。

特許庁は、審査の実務を行わねばならない。膨大な出願をさばいていれば、必ずいつか、その線引きが問題になるとわかっている。ならばすでに、詳細に突っこんだ議論をしているはずだ。特許庁内での統一的な見解だってあるかもしれない。

「……確かに実務上の取り扱いは、ある程度決まっているかもしれないな」

と北脇は素直に認めた。「だけどその結論が、今回の審判合議体の考えとまったく同じとは限らない」

「そうとしても議論の方向性にリサーチをかけるのは大事ですし、それにまさに今回の審判はこの点が問題になってきているわけですから、審判長の三浦さん自身のお考えだって、庁内の、すくなくともそれなりに親しい人は知ってるはずです」

「その親しい人を当たろうと？　現実的じゃない。そもそも審判長と知り合いでもなんでもない、ツテもない」

「ツテはないわけじゃありません。これを見てください」

亜季は十数年前に発行された、ある拒絶理由通知書のPDFファイルをひらいた。その末尾には審査を担《にな》った審査官補と、そのメンターである審査官の名が記されている。

審査官は、今回の審判長である三浦薫。

そして　審査官補の名前は。

「冴島巌《さえじまいわお》。このあいだ面接審査をした、冴島審査官です」

あの、亜季のケーキを直前にかっさらっていった男だ。『メロンのワタ案件』を担当した、優秀な審査官。

「三浦審判長は、冴島審査官の上司でした。きっと今でも繋《つな》がりがあると思うんです」

亜季の言わんとするところを悟って、北脇の声がさらに低まった。

「まさか冴島審査官から審判長の考えを聞きだそうと考えてるのか。彼がそんなブラックな真似をするとは思えない」

「聞きだすまでは考えてません。ただヒントがほしいんです」

「ヒントだって不可能だ。なにか勘違いしているのかもしれないけど、別に特許庁は僕らの味方じゃない。審理の外で審判の結果を左右してしまったら、審査機関として二度と信頼されなくなる」

「じゃあダメ押しならばどうですか」

「ダメ押し？」

「はい、実はわたし、三浦審判長は新しい判例を慎重に取り入れるタイプだと、ほとんど確信してるんです」

険しい顔をしていた北脇の目が、思わぬ言葉を聞いたように見開いた。その隙《すき》に、亜季は急いで分厚いファイルを北脇に押しつける。この数口、必死に調べた成果だ。

「わたし、三浦さんが今までに担当した審査と審判、全部調べてみたんです」

特許の審査の記録も、審判の経緯も、基本的にはほとんどの情報が公開されている。亜季は今まで三浦が関わった記録を端から目を通していった。

「全部？　本当に全部見たの」

驚いている上司の腕に、もうひとつの分厚いファイルも載せた。

「まあ、さっと見ただけのも多いですけどね。それからこちらは、知財系裁判の判例をまとめたものです。わたし、主要な判例と、判例が出たあとに三浦さんが担当した案件でどういうふうな審査や審理をしているのか、見比べてみたんです。そうしたらどうも三浦さん、新しい判例を積極的に拡大して実務に反映させるタイプじゃないように見えました」

ほらこの拒絶理由通知とか、この審決とか、と亜季が手早くふせんのついたページをめくって示してみせると、北脇は目を見開いた。

「……いつ調べてたんだ」

信じがたいようでどこか感嘆も滲んだ声に、えへへと亜季は照れ笑いを返す。

「北脇さんにそう言ってもらえる日が来るとは思ってませんでした」

こんなセリフ、かつては亜季が一方的に北脇を見あげてこぼすものだったのに。

「あの、正直に言うと、いろいろ仕事を後回しにしてます、すみません」

「謝る必要はいっさいないでしょ。せっかくの調査結果、ちょっと真面目に見せてもらっていい」

「もちろんです」

北脇はファイルを机に広げた。ページをめくっては戻りをくり返し、それから顔をあげた。

「確かに藤崎さんの言うとおりの傾向はあるかもしれないな。もし三浦審判長が今回も判例を慎重に扱うのだとしたら、僕たちの主張を認めてくれる可能性も出てくる」

本当か。喜びそうになる単純な自分を押しとどめて、亜季は話を戻した。

「ありがとうございます。もちろん合議体にはあとふたり審判官がいるので、三浦さんの考えだけですべてが決まるわけじゃないんですが、それでも審判長の意見はかなり重要じゃないかと」

「それはそのとおりだと思う」

「ただ『三浦さんがわたしたちの主張に傾く可能性がある』というのはあくまで今までの傾向から類推しているだけなので、やっぱりダメ押しがほしいです。この無効審判は、なんとしてでも勝ちたいので」

北脇に、自分を悪者になんてしてほしくないので。

「冴島さんと直接連絡を取ったりはしません。ゆみを通じて、野原《のはら》さんにそれとなく訊いてみます。それで断られたらそれまでで深追いもしませんから」

「部下にそんなグレーな仕事やらせられるか」

「グレーに攻めてくる総合発明企画に対抗するには、これくらいしないと」

「敵が汚いからって、僕らまで汚い手は使えないでしょ」

「そんなこと言って」

と亜季は声に力を込めた。「北脇さんだって、いざとなればかなりグレーな手を使おうとしてるんじゃないですか？」

　なにかを言いかけていた北脇は、ぐっと言葉につまった。その目をしかとロックオンして、亜季は続ける。

「審査官に探りを入れるのがグレーなのはわかってます。でもさっきも言ったとおり、わたしはバットを振らずにベンチには戻れません」

「たかがビジネスだ」

「ビジネスのわたしも、やっぱりわたしなので」

　そう胸を張って言える仕事をさせてくれたのが、月夜野ドリンクで、知財部で、北脇さんなので。

「だからお願いします、やらせてください。会社にも特許庁にも迷惑はかけません。もしなにか問題が起きたとしても、わたしが全部被ります」

「藤崎さんだけが責任をとれるわけがないだろ」

「じゃあ――」

　と亜季は胸を大きく広げた。

「じゃあ、わたしと共犯になってください。お願いします」

　呆気《あっけ》にとられた北脇の前で、深く頭をさげた。

本格的に呆《あき》れられるかもしれない。失望されて、突き放されるかもしれない。それでもこれが亜季の心だ。これ以上の心はない。

北脇は長く黙りこんでいた。そろそろ腰が痛いなと思いはじめたとき、大きなため息が頭上から降ってきた。

「……わかった」

とたん、亜季はがばりと身を起こす。

「いいんですか？」

「野原審査官には根岸《ねぎし》さんを通して、こちらの意図を嘘偽《いつわ》りなく伝えておいて。それでどう判断するかは、あちらに任せる」

亜季は大きく目をみはって、「はい！」と答えた。答えるや自分のライム色の椅子を引いて、パソコンにかぶりつく。

「ゆみに伝えてもらう文面を練りますね。チェックしてくれますか？」

「もう定時だから明日にしよう」

「え、でも明日から北脇さん、東京に――」

「やっぱりやめる」

北脇は一番下の引き出しをあけて、紙袋ごとお菓子コレクションを押しこんだ。鍵をかけると、それじゃあと言って出ていく。

「藤崎さんも早く帰って休んで」

亜季は数度瞬いて、それから頰を緩めた。「そうします」と笑って上司を見送って、よし、と気合いを入れた。


一週間ほどあとのことである。

ひとけのない『ふわフラワー』のカウンターに、亜季はゆみと並んで座っていた。いつもどおりお互いスケッチブックをひらいて、ペンを動かしている。ゆみは『ふてぶてリリイ』の新作のデザインを練っていて、亜季が描いているのはむつ君。それもいつもどおりだ。

右端のカウンターチェアに陣取ったリリイが大きなあくびをしたのと同時に、ゆみはおもむろに口をひらいた。

「野原君に例の件は伝えたんだけどね」

「うん」

「ノーコメントだって」

「……だよね」

むつ君の針を描いていたペンをとめて、亜季は肩を落とした。

審判長の三浦がこれまでに行った審査や審理の傾向から、今回の証拠の取り扱い方について、亜季たちがすでにある程度推測していること、そのうえで裏付けがほしいこと。もし可能であれば、なにかしらのヒントをもらえるとありがたいこと。

そんな正直な思いを、ゆみは『そういえば、こんなことを亜季が言っていたんだけどね』というていで、恋人であり審査官である野原に話してくれたそうだ。

すると野原は苦笑して、『ノーコメントとしか言いようがないなあ』と答えたという。至極当然の、コンプラを守った対応をしたわけである。

「個人的には応援したいけど、口を滑らせたら自分の首がやばくなるかもしれないからって。ごめんね」

「謝ることじゃないよ！」と亜季は急いで両手を振った。「むしろ困った頼みを押しつけてこちらこそごめんね。ゆみにも野原さんにも感謝してる」

それに、と描きかけのむつ君に目を落とす。

「最初から駄目もとだったから」

そうだよね、むつ君。

とお仕事ハリネズミに話しかけて自分を慰《なぐさ》めていると、ゆみはふふん、と笑った。切り替えたようにカウンターの奥に回って、サイフォンのフラスコで湯を沸かしはじめる。

「まあ、コーヒーでも飲もうよ。自家製プリンがちょうどふたつ残ってるし、それ食べて元気出して」

「ありがと」

「亜季には、プリンの他にもいいものあるからさ」

「いいもの？」

なにやら屈みこんでごそごそと探しはじめたと思えば、「あった」とゆみは包みを亜季の目の前に置いた。

「はいどうぞ。亜季へのプレゼント」

クッキー缶である。なんだか見覚えがあるな、と考えて思いだした。

「これ、特許庁近くのお菓子屋さんのやつ？」

「そ。あの入手困難な激うまクッキー」

「わたしがもらっていいの？」

「もちろん！　といっても、わたしからじゃないよ。ほら亜季さ、あのひとにこのクッキーの運び屋やらされたことがあったでしょ？」

「あのひと？　ああ……うん、あったねえ」

野原のことかと亜季は苦笑いを浮かべた。確かにあった。特許庁で面接審査した日、突《とつ》如《じょ》野原にこのクッキー缶を渡されたのだ。亜季へのプレゼントかと動揺したのも束の間、ゆみに持っていってほしいだけと判明して脱力したのだった。

「亜季へのお礼もなしにさあ。そういうところだよねえあのひと。ぼんやりしてるっていうか、気が利かないっていうか。なんかのんびりしてるっていうか」

「そこがいいんでしょ？」

からかえば、まあね、とゆみはのろけた。

「わざとじゃないから許せるというか。あのときだって、亜季へのお礼はしたほうがよかったよねって言ったら『しまった』って顔してたし、気が利かない自分に凹《へこ》んですらいたんだよね。それもあって今回は張り切って買ってきたみたい。もらってあげてくれる？」

野原も野原なりに考えてくれたんだな。亜季は笑ってしまった。

「一応訊いておくけど、これは完全プライベートのやりとりだよね？　職務上のもろもろはいっさい関係なく」

「もちろん。うちの彼氏からのお礼とお詫《わ》び。それ以上でもそれ以下でもないよ」

「じゃあ、ありがたくいただく」

と亜季はクッキー缶に手を伸ばした。野原は公務員で、お互い利益享受《きょうじゅ》関係と認定されやすい危ういポジションだから気を遣ってしまうが、プライベートのやりとりならば許されるだろう。

「でもちょっと待って。これってあのときゆみにプレゼントしたのとまるっきり同じ物じゃない？　彼女の友だちに、彼女に贈ったのとおんなじのをくれるの、どうなの？」

もうちょっと配慮というかなんというか、と思っていたら、

「大丈夫、さすがにそこまでぼんくらじゃないから」

とゆみは笑って、包装紙に挟みこまれたメッセージカードを指差した。

「実はこれ、上司と割り勘なんだって。上司からのお詫びの意味も入ってるとか」

「お詫び？」

「よく知らないけどあのひとの上司、亜季が買おうとしたケーキを横取りしたんだって？」

「ああ……そんなこともあったなあ」

亜季は再び苦笑いした。

このクッキーを作っている有名菓子店では、ケーキも売っている。かつて亜季はその最後のひとつを買おうとしたのだが、まさにそのとき涼しい顔でかっさらっていったのが、野原の上司である冴島だったのだ。

あのときは、北脇さんがけっこう怒ってくれて、嬉しかったな。

思いだしてつい頬が緩んだ。

北脇は冴島に、謝罪と奢《おご》りまで要求していた。もちろん相手は国家公務員である特許庁の審査官さまなので、奢り奢られなんて不可能だし、そもそも冴島にその気はすこしもないようだったが。

それでも今回、プライベートの野原のプレゼントに割り勘で乗っかってきたということは、冴島なりの誠意はあったということなのだろう。

やっぱり北脇さんと冴島さん、同族嫌悪なところあるよね、などとおかしくなりながらメッセージカードを引き抜いて、亜季は眉を寄せた。

カードには、角張った字でこう書いてある。

『4　そのまままっすぐゆけばよろしい。ちなみにこれは貸しにします。利害関係がなくなった暁には、銀座《ぎんざ》でオーストリア料理を奢ってください。』

なんだ、これ。

亜季は顔をしかめてカードを眺めてから、ゆみに助けを求めた。

「これ、どういう意味？　意味がよくわかんないんだけど、野原さんからのメッセージなの？」

　いきなり道案内が始まるのがまず謎だし、お詫びのクッキーにつけるメッセージに『貸しにする』とか『奢れ』とはこれいかに。

「さあ」

　とゆみは思わせぶりに小首を傾《かし》げてコーヒーを挽《ひ》いている。「わたしはなんにもわかんないなあ。でもたぶんそれ、わたしの彼氏からのメッセージじゃないよ。字体が違うし」

「違うの？」

「それに亜季宛《あて》でもないと思うな。最初に書いてある人宛じゃない？」

「この4ってやつ？　人の名前なの？」

「たぶん」

　ますます眉間《みけん》に皺《しわ》を寄せた。野原からではないのなら、冴島からということか。しかしこの『4』、なにを表すのかわからない。近くにヨンさんなんていないし——。

　と目を細めた拍子に突如ひらめいて、亜季は顔をあげた。

　これはもしかして数字の4ではなく、東西南北を表す方位記号のアレか。

　だとすれば、意味もなんとなくわかる。この4みたいな方位記号の矢印のさきにある方位は、北。

つまり冴島が『貸し』を作ると、『まっすぐにゆけ』と伝えたのは、あのひとだ。

「ゆみ、このクッキー缶だけどさ」

亜季はがばりとカウンターに身を乗りだした。

「うん」

「会社で食べてもいいかな？　わたしの上司、おいしいものが大好きで。とくに甘いものを食べると心が安まるんだって」

「それは素敵な上司だねえ」

とゆみは歌うみたいに言って、サイフォンのロートにコーヒー粉を注ぎこんだ。ロートをフラスコにしっかりさしこむと、にっと笑って亜季を見つめた。

「ぜひ持っていってあげて。喜ぶと思うから」

「ありがとう！」

「それでさ、めでたく暇ができたら、ぜひふたりでうちの店にオムライスを食べに来てね、と親指を立てる親友に、亜季は満面の笑みでグーを返した。

「……なるほど、冴島審査官から『北』脇に宛《あ》てるって意味か」

メッセージカードを眺めて、北脇は苦笑した。「もうちょっとなにかなかったのか。冒険小説じゃないんだから」

　だがその目は真剣だった。

「僕に貸しを作るだの、いつかその礼をしろだの回りくどいけど、結局審査官の言いたいのは、『まっすぐいけばいい』ってことだ。つまりこれは――」

　目配せされて、亜季はうなずいた。

　つまり冴島はこう言っているのだ。

　亜季たちの推測は正しい。

　だからこのまま突き進め、と。

「……百歩譲っていつかお礼に奢ってさしあげるとしても、あのややこしい審査官とふたりで飲むのは嫌だな」

　北脇はにやりと椅子に背を預けると、ヌメ革の名刺入れを取りだした。メッセージカードを大事そうにさしこんでいく。

　亜季はクッキー缶を手に取り明るく言った。

「四人で飲みましょうよ。もういっそ、ゆみも呼んだらいいかもしれません」

　ゆみの笑顔と、その指に光っていた約束の証《あかし》を思いだして、その日は遠からず来るかもしれないなと思う。そんな素敵な日には、亜季も心から笑っていたい。そういう未来を、自分の手で引き寄せたい。

「口頭審理陳述要領書、書きますか」

クッキー缶の蓋《ふた》をひらいてさしだすと、北脇はどこか得意げな、いつもの笑みでうなずいた。

「頼りにしてるよ、藤崎さん」

【0004】
むつ君よ永遠に

晴れた午後、亜季《あき》はびしっとスーツを着こみ、特許庁のガラス扉の前に立っていた。

「いよいよですね」

「いよいよだね」

と視線を交わしたのは、こちらもびしっとスーツを着こんだ熊井《くまい》だ。本日、とうとう口頭審理の期日である。

「気力充分だね、藤崎《ふじさき》君」

「はい、お昼に林《リン》さん特製の、絶品炒飯《チャーハン》をいただいたので！」

両手を握ってみせると、そっちか、と熊井はちゃんと笑ってくれた。

「まあ、わたしが元気でもって感じですけどね。北脇《きたわき》さんの隣に座ってるだけなので」

本日口頭審理の請求人席に座るのは、代理人弁理士である北脇と又坂《またさか》、そして知財部員への委任という形で参加させてもらう亜季である。社長や訴訟チームは東京本社で遠隔視聴、熊井は審判廷の傍聴席で、議論の行方を見守ることになっている。

請求人席に座った三人全員に発言の権利は与えられるものの、受け答えを任されているのは北脇だ。又坂にすら発言の機会はないだろうから、亜季は本当にただ座っているだけである。

「今さらですけど、ほんとにわたしが座らせてもらっちゃっていいんでしょうか」

「もちろんだよ。この日を迎えられたのは、北脇君と藤崎君、ふたりのおかげなんだから。頑張ってくれてどうもありがとう」

やさしい上司の言葉に、亜季は微笑《ほほえ》んだ。

「熊井さんが任せてくださったおかげです」

この日に至るまで、熊井は部下たちを信じてくれた。周囲の雑音に惑わされることなく自分たちの仕事ができたのは、この知財部長が身を張って守ってくれたおかげだ。

ほんと、よい上司に恵まれたな。

それがどれだけ得がたく幸せなのか、身に染みている。

「並んで座っている藤崎君の溌剌《はつらつ》とした姿に、北脇君も勇気づけられるんじゃないかな。応援隊長、任せたよ」

「はい、どんと任せてください。エースを応援するのは得意分野なんです」

と亜季は胸を張った。堂々と、全身全霊で鼓舞《こぶ》したい。

「にしても……北脇さんと又坂先生は、どこに行ったんでしょう？」

ふたりはきょろきょろと往来を見渡した。ついさきほど、又坂国際特許事務所のビルを出るところまでは一緒だったのだが。

と、熊井が「あ」と向かいのコンビニを指差した。ちょうど北脇と又坂が出てくるところである。高そうなジャケットを羽織った又坂の手にはエコバッグ。コンビニで買い物をしていたようだ。

「ごめんごめん、お待たせ」

と青信号を渡ってきた又坂に、亜季は尋ねた。

「なにを買われたんです？」

「これだよこれ」

又坂はエコバッグから、見覚えがありすぎる商品を人数分取りだした。

深い緑の色をしたフィルムが巻かれたペットボトル。月を見あげるウサギの背中。

「『緑のお茶屋さん』じゃないですか！」

「そう、お守りってわけでもないけど、あなたがた、これがないと調子が出ないんじゃないかと思って。ねえ熊井部長」

「よくわかっていらっしゃる」

さばさばと配りだした又坂から、熊井は嬉《うれ》しそうに受けとった。

「はい藤崎ちゃんも」

「ありがとうございます。代金は――」

「いいのいいの、全部北脇さんの奢《おご》りだから。ねえ」

「え、本当ですか北脇さん」

目を剝《む》く亜季に、まさか、と北脇は息を吐いた。

「経費に決まってる」

「うわ、ケチいなあ。ケチい上司なんていやだよねえ藤崎ちゃん」

「ケチくてけっこうです。奢るという行為は、簡単にしてよいものではないんですよ」

「出た、北脇さんの謎理論」

「ほんときっちりしてるよねえ」

又坂と熊井が笑っても、北脇は飄々《ひょうひょう》としている。年上のふたりが北脇の緊張を解《ほぐ》そうとしてくれているとちゃんとわかっているからこそである。

よし、わたしも。

亜季は『緑のお茶屋さん』を手に上司に歩み寄る。

「北脇さん、いよいよですね」

「そうだな。といっても直接総合発明企画と議論するわけでもないし、お互いの主張を審判合議体が確認するだけだから、ここでなにかが決まるってわけでもないけど」

冷静を装う北脇の背後で、太陽が輝いている。

「ですよね」

亜季は目をすがめた。パリッとしたスーツを着た、賢くて口の回るスマートな男。誰かに必要とされるために必死でもがいてきた、期待を裏切ることを心底恐れているひと。

全部わかっているからこそ、あえて言う。

「でも北脇さん、わたしは期待していますから」

亜季にとって期待とは、まっすぐな信頼の証《あかし》。あなたを信じているという証。

あなたがわたしに期待してくれたように、わたしもあなたに期待しているのだ。

スーツに弁理士バッジをつけようとしていた北脇は、ふと目をあげて相好《そうごう》を崩した。

特許庁の上階にある審判廷に、いよいよ今回の審判を担《にな》う三人の審判官が入ってくる。

一段高くなっている正面に立った審判長の三浦《みうら》は、厳然とした雰囲気の女性だった。

三浦は自身と左右陪席《ばいせき》の審判官の紹介をすると、自身の右手、月夜野《つきよの》ドリンク側へ目を向けた。

「はじめに出頭者の確認をします。請求人側、お願いします」

「代理人弁理士の北脇です」

まず北脇が答える。声は揺るがず、落ち着いている。緊張を覆《おお》い隠している。抑えつけている。さすがはわたしの上司。

続いて又坂が、そして亜季の番が来る。

比較的注目度の高い無効審判事件だから、後方にある小さな傍聴席は満席だった。知財を巡る争いがどのように進むのかに詳しくなさそうな傍聴人も多く、自然、月夜野ドリンク側に向けられる視線は冷えている。そして傍聴席にはよく知る人物の姿もあった。

瀬名良平《せなりようへい》だ。瞳に凍った炎を燃やして亜季を睨《にら》んでいる。

だが気にすることなく、亜季は顎《あご》を引いて背を伸ばした。

「月夜野ドリンク知的財産部の、藤崎亜季です」

汗と涙の結晶を守ることが仕事の、藤崎亜季です。

次に三浦は被請求人に目を向けた。

左手の被請求人席に座るのは、たったひとり。

「総合発明企画代表、弁理士の田崎《たざき》でございます。よろしくお願いいたします」

田崎は立ちあがると手を身体《からだ》の前で組み、にこやかに審判廷を見渡し頭をさげた。

その慇懃《いんぎん》でありながら余裕に満ちた仕草は、亜季にはかなりうさんくさく見えるのだが、傍聴席の多くにとってはそうでもないらしい。それどころか好意的に捉《とら》えている雰囲気がびしびしと伝わってくる。亜季は身構えた。実際に目の前にしてあらためて思う。やはり田崎は怖い。こういう、場を掌握《しょうあく》することに長《た》ける人間は恐ろしい。

無効審判事件の口頭審理が始まる旨《むね》を三浦が告げてからも、田崎はその場の空気を摑《つか》んで離さなかった。証拠や双方の主張についての確認を進める短い受け答えですら、にこやかで穏やかで、それでいて自身の主張はぶれずに押しだしてくる。傍聴席の人々はほどなく、『朗《ほが》らかで正義感の強い人』という、わかりやすいキャラクターとして田崎を理解しはじめたようだった。

対する北脇は視線鋭く隙《すき》がなく、まさに『知財』というものに対する世間の認識そのもののように、とっつきがたく感じられる。傍聴席が田崎への共感に傾いていくのが手に取るようにわかる。

だが亜季は、まっすぐ前を向き続けた。傍聴席の空気など気にする必要はない。審判官はプロだ。『気持ち』や『雰囲気』になど流されない。義憤に駆られて暴走することも、のらりくらりと責任を逃れ続け、物事の所在を有耶無耶《うやむや》にすることもない。それだけの矜持《きょうじ》と知恵を持つ人々のはずなのだ。

そうですよね、熊井さん、又坂さん。北脇さん。

だから亜季はぶれずに、自分と北脇が作りだした理屈を最後まで信じればいい。

三浦は冷静に審理を続けていく。

そしてとうとう懸案の、『切れ味とコク』に関わる部分にさしかかった。淡々《たんたん》とした、しかし鋭利な視線が北脇に向けられる。

「請求人の主張は、甲第6号証を主たる証拠、甲第9号証を従たる証拠として、甲第6号証の発明に基づき、当業者は容易に発明しうるというものですね」

「そのとおりです。我々は審判請求書で主張したとおり、甲第9号証は特許法第二十九条第二項にかかる無効理由を形成する証拠として働きうると考えております」

懸案の、『特許W』と『特許X』の組み合わせのことだ。果たして三浦率いる審判合議体はこのロジックを、『苦み特許』を無効にしうる銀の弾丸だと認めてくれるのか。

三浦と左右陪席の審判官の表情からは、なにも窺《うかが》えない。

北脇の返答を受けて、そして、と三浦は続ける。

「これに対する被請求人の反論は、甲第9号証に記載の化合物には膨大な選択肢があるため、引用発明として認定されるべきでないということですが、認定されるべきではないという根拠は、令和Q年第Q号特許権侵害訴訟事件、通称Y事件の判例によるという理解でよろしいですか？」

「仰《おっしゃ》るとおりです」

と田崎はにこやかに答えた。

「Y事件の判例では、多くの選択肢がある化合物が刊行物に記載され、そのうちに必要とする特定の形状が含まれていたとして、そこから特定の選択肢に係《かか》る具体的な技術的思想を抽出することはできないとされました。今回の甲第9号証も、この事件とまったく同じように、多数の選択肢がある化合物が記載されたものです。ならば当然引用発明とは認められない、つまり我々の特許を無効にする証拠としては弱いと考えます」

当然、という単語を強調して、表情豊かにすらすらと喋《しゃべ》る。

一方の三浦の眉は動かない。再び北脇へ問いただす。

「この被請求人の主張に対して、請求人の反論はありますか？」

「はい。本証には、さきの判例とは異なる点がいくつかあります。まず判例の化合物には、その取り得る形の選択肢は一千万通りもあり、さらに主張されている構造についても、明細書内で積極的あるいは優先的に選択すべきものとして特別に着目されているわけではありませんでした」

だが『特許X』は違う。選択すべき構造は、多くの候補の中で比較的強いスポットライトが当たっている状態だ。しかも選択肢の総数自体が、Y事件と比較して圧倒的にすくない。

「ですので本件甲第9号証に、Y事件の判例をそのまま当てはめるのはむしろ不適当ではないかと考えます」

「え、そうですか？」

とひどく驚いた顔で声をあげたのは田崎だった。

「確かに判例と今回の甲第9号証にはほんのすこし異なるところはある。でも多数の選択肢があるという点で、本質的に同じでしょう。無秩序に生成されたパスワードの候補の中に自分のパスが偶然含まれていたからといって、盗まれたと主張しているようなものだ。違いますか？　北脇さん」

北脇は黙っている。傍聴席がかすかにざわつく。

「被請求人。発言は請求人に対してではなく、合議体に向かってするように」

三浦がたしなめるものの、田崎は口をつぐまなかった。

「つまるところ請求人は今、審判官に白黒つけろと強要しているわけです。Y事件の証拠はだめだけれど自分たちの証拠は認められるような線をうまいこと引けと、我々の意を汲《く》めと言っているわけです」

「合議体はどちらかの意を汲むわけではありません。被請求人は技術についての主張にのみとどめてください」

三浦の指摘にうなずきつつ、なおも田崎は続けた。

「もしこの無効審判であなたがたの意見が通ったとして、わたしは泣き寝入りはしませんよ。公的機関から有名企業への忖度《そんたく》など珍しくもないにしても、納得はできません。わたしに期待をかけてくださっているすべての中小企業への裏切りとなる」

「被請求人」

「当然、知財高裁に審決取消訴訟を提起します。道理が通っていないと主張します。そうしたら、この審決の結果は裁判で子細に調べられ、判じられるでしょう。ここにいる審判官お三方の判断にも、お名前そのものにも、世間の注目は集まるでしょう」

姑息《こそく》な、と亜季は机の下で両手を握りしめた。

田崎も、この証拠が認められるかは審判官の考え次第だとわかっている。だから技術そのものから乖離《かいり》したところに揺さぶりをかけているのだ。

裁判所に審決の是非《ぜひ》を問われる可能性があることくらい審判官は当然承知だし、だからこそなにものにも忖度などするわけがない。とはいえ彼らも組織人。責任などなるべく負いたくないだろうし、プライベートにも家族や大切なものがあるだろう。自分の名前が意図せず拡散され、世の中に『悪者』認定されてめちゃくちゃに叩かれる未来など、避けられるのなら避けたいはずだ。であれば面倒ごとを避けるため、亜季たちの主張の採用に消極的な姿勢に傾くことも充分にありえる。

世の中なんてそんなものだ。誰しも自分がかわいい。誰かのために身を張ったところで、簡単に梯子《はしご》を外される。意志を貫く高潔《こうけつ》さを称賛した人々も、劣勢とみれば背を向ける。誰も守ってなどくれない。ならば長いものに巻かれろ。我慢して口を慎《つつし》め。不利になったら逃げてしまえ。

ひとつの真理ではある。この世の中は、綺麗《きれい》ごとでは生きられない。

それでも、と亜季は背を伸ばした。亜季が知財部で学んだ真理はそれではない。すくなくともわたしは、ここにいるわたしの仲間は違う。違うと信じられる。

だからこそ口をひらいた。

「もし必要ならば、訴えてくだされればよいかと思います」

三浦の、審判合議体の、田崎の、傍聴席の、又坂の、そして北脇の視線を感じる。

差し出がましいのも、ルール破りなのもわかっている。それでも続ける。

「もちろん我々も、必要な場合は同様にします。そしていつか判決が確定すれば粛々《しゆくしゆく》と従います。ですがそれまでは、堂々と、我々の主張を貫きます。仲間の汗と涙の結晶を守ります」

こんなもの、すべてはビジネスだ。だがビジネスのさきに残る気持ちがひとつもないような会社人生に費やす時間など、亜季には存在しない。多くを懸けられない。

だから亜季は、亜季の正義を貫く。

ほう、と田崎が顎を持ちあげ笑みを浮かべた。

「たいそうご立派な志《こころざし》だ。小企業の汗と涙の結晶をないがしろにしていることから目を背けて、仲間を守ればよしというわけですね」

「誰もないがしろになどしていません。していないと証明するために、今この法的に定められた審理の場にいるんです」

「つまりご自分らが悪いとは思っていないと」

「もしこの審判で負けようとも、我々が悪とは思いません。そもそも無効審判に善悪はありません。わたしたちは堂々と主張して、それに特許庁の審査や審判が堂々と応《こた》える。その積み重ねが社会を前進させると信じるだけです」

特許とは、目に見えぬ権利を誰かが囲いこんで、既得権益《きとくりんえき》化して、社会を停滞させるためにあるわけではない。誰かを泣かせて、苦しませるものでもない。健全な競争を促《うなが》して、技術を発展させるためにこそ存在するのだ。

知財の権利はみなすべて、人々の生活を豊かにするためにあるはずだ。

「すくなくとも御社には道義的責任があるのでは?」

「道義に恥じることもしていません」

「それはあなたが判断するんじゃなくて、世間が——」

「請求人、被請求人。発言は合議体に促された場合に限定してください。また発言は、合議体に向かってするように」

三浦に鋭く叱責《しっせき》されて、田崎はひらきかけていた口をつぐんだ。そして胸の前で両手を合わせて花を作ると、薄笑いを浮かべてささやいた。

「お花畑」

なんとでも言え。

亜季は心の中で言いかえした。お花畑なのはわかっている。それでも亜季は、やさしい世界を諦《あきら》めたくはない。みながそれぞれ最善を尽くし、堂々と主張する。公正な審理と審判をする。そのうえに権利が守られ、生かされていると信じたい。

誰かの汗と涙の結晶はけっして踏みにじられず、美しく輝き、この世を照らし続けるのだと信じていたい。

やがて三浦は、審判廷を見渡した。

「おおむね審理は尽くされたと考えます。最後に双方から主張はありますか？」

はい、と田崎が手をあげる。

「……それではまずは被請求人」

「わたしは小企業が泣き寝入りせず、知財を剣と携《たずさ》え戦える、そういう公平な世の中を作るためにこそ、このたび分の悪い戦いを引き受けました。どうか小企業が望みを繋《つな》ぐことのできる、賢明な審決がなされるよう祈っております」

「請求人はどうですか」

北脇は又坂と亜季にちらと目をやった。そして挑むような笑みで告げた。

「我々は主張を尽くしたと考えております。付け加えることはありません」

「わかりました」

三浦は両者の主張をまとめると、顔をあげた。

「では、本件は審決をするのに熟したと認めます」

亜季も北脇も又坂も、向かいの田崎も自然と背を正す。

『審決をするのに熟した』、つまりこれで戦いは終わりという意味だ。あとは審判合議体が審理を進めて、後日審決をくだすだけ。

『苦み特許』は無効になるのか否《いな》か。

『緑のお茶屋さん』にかけられた侵害の嫌疑は晴れるのか否か。

その結果を待つだけだ。


「これで、本日の口頭審理を終了します」との三浦の宣言により、口頭審理は終わった。

黙って席を立ち、審判廷を辞し、特許庁を辞し、特許庁の向かいのビルにある又坂国際特許事務所に入った瞬間、みなが揃《そろ》って亜季を振り返った。

「藤崎君」「藤崎さん」「藤崎ちゃん」

「申し訳ありません！　余計な口出しして！」

亜季はがばりと頭をさげる。審判廷のルールに従わず勝手に話しはじめたうえ、田崎と直接やりとりしてしまったのだから、怒られるのは当然だ。

「いやあびっくりしたよ」

「ほんと、急にやっすいドラマが始まったのかと思ったわあ」

熊井は胸に手を当てて、又坂は天井を仰いでいる。亜季が小さくなっていると、北脇に呆《あき》れたように諭《さと》された。

「藤崎さん、わかっていると思うけど、ああいう規則破りは審判合議体の心証を悪化させる場合があるから気をつけてね」

「はい、すみません……」

「というのは表向きの注意で、本音としてはよく言ってくれたよ」

「え」

驚いて顔をあげると、北脇は笑っている。

「正直せいせいした。もっと言ってやってもよかったくらいだな」

「……ほんとですか？」

「あー聞こえなかったことにしよ、いろんな意味で」

又坂はおおげさに耳を塞いでいるし、「北脇君は正直者だなあ」と熊井に至ってはにこにこしている。

そんな仲間の姿を目にして、亜季もようやく肩の力を抜いた。

「本当に申し訳ありませんでした。そして、お疲れさまでした、みなさん」

うん、と誰もがうなずいてくれた。

「藤崎さんもお疲れさまでした」

そうしてねぎらいの言葉をかけあった。

知財部は審判合議体からの最終の結論を待ち続けた。

そしてある日、

「とうとう来たよ、特別送達」

緊張したように熊井が言った。

「見てみようか」「見てみましょう」

『特許審決公報』と書かれた題字が現れる。みなして息を呑《の》んで、続く文面を見つめる。

特許審決公報

上記当事者間の特許第６００ＸＸＸ号発明「苦みの切れ並びにコクを向上させるお茶飲料製造方法」の特許無効審判事件について、次のとおり審決する。


【結論】

特許第６００ＸＸＸ号の特許請求の範囲を訂正請求書に添付された訂正特許請求の範囲のとおり、訂正後の請求項〔１～３〕について訂正することを認める。

特許第６００ＸＸＸ号の請求項1ないし3に係る発明についての特許を無効とする。

審判費用は、被請求人の負担とする。


難解な文面がぱっと頭に入ってこなくて、亜季は焦った。つまり、どういうことだ？

だが顔をあげて、上司ふたりの表情が目に入った瞬間に理解した。

「やった、やったね！　ありがとう、よく頑張ってくれた、北脇君」

熊井は頰《ほお》を紅潮させて、北脇の手を握りしめている。「はい」と北脇は、それ以上言葉にならない様子で握りかえす。

そう、勝ったのだ。

月夜野ドリンクの主張を、三浦率いる審判合議体は認めてくれた。『苦み特許』は無効になった。そんな特許など、はじめからなかったものになった。

存在しない特許権など侵害できない。

つまり、『緑のお茶屋さん』はなんの権利も侵していない。

北脇と固く握手を交わしたあと、熊井は亜季にも握手を求めた。

「藤崎君もありがとう。本当に助かったよ」

「はい、やりましたね！」

亜季は笑顔で握手に応じ、上司の腕をぶんぶんと振り回した。嬉しかった。苦労が実った。実りとなって戻ってきてくれた。

「さっそく社長に報告してくるよ、それから又坂先生や水本《みずもと》先生にも」

みんな喜ぶだろうな、と浮き立つように出ていく熊井を、亜季は笑顔で見送った。

そのままの笑みを北脇に向けて、右手をさしだした。

「やりましたね」

北脇は一瞬迷ったようだった。だが静かに腕を伸ばして、亜季の手をとってくれた。

「やったな」

「お疲れさまでした」

「藤崎さんも」

目が合って、うなずき合って、なんとなく恥ずかしくなってそそくさと手を離す。

「まあ、これでなにかが解決したわけじゃないですけどね。裁判の風向きはよろしくないのでどっちにしろ控訴《こうそ》しなきゃならなそうですし、そもそも田崎ってひと、口頭審理のときも審決取消訴訟起こすって宣言してましたし」

特許庁における無効審判で、『苦み特許』の特許権は無効だと判断された。だが争いが終わったわけではない。

田崎はこの審決に不服があれば訴訟を起こせるし、そもそもこの無効審判とは独立に審理が進んでいる侵害訴訟は、月夜野側が劣勢である。水本率いる弁護士団が懸命の防御を繰り広げてくれているものの、裁判官の心証は無効審判とは逆に傾いてしまっている。月夜野ドリンクは一勝しただけ。最終的に勝敗がどちらに転ぶのかは、まだわからない。しかし、である。

北脇は思わせぶりに口角をつりあげた。

「いや、解決する。今この無効審決を勝ち取ったタイミングで、一気にけりをつけてしまおう」

え、と亜季は顔をしかめた。

「……どうやってです」

「訴訟は取り下げさせて、和解協議に持っていく。もちろんこちらが有利な立場での和解案を通す」

だからどうやってだ。と悩む亜季の前で、北脇はスマートフォンを取りだし電話をかけはじめた。

「誰にかけてるんです？」

「総合発明企画の田崎代表」

なんだって。言葉を失っている亜季をよそに、北脇はスマートフォンを耳に当てる。呼び出し音が鳴る中、目を細めた。

「共犯になってくれるんでしょ？」

「えーっと、北園《きたぞの》さんだっけ？　いやあ今回は君にうまくしてやられちゃったなあ」

ロビーに現れるなりあちゃーと頭に手を当てた田崎は、言葉とは裏腹に、無効審判の結果などまったく気にしていないように見えた。

「まあでも、主戦場は裁判のほうだからね。そっちはうちが勝てるんじゃないかなあ」

ソファに腰掛けながらうんうん、と自分でうなずいたと思えば、おおげさな身振りとはギャップのある据《す》わった目を北脇に向ける。

「あなたがたもそう危惧《きぐ》してるからこそ、ちょっとでも譲歩が見込める今のうちに和解に持っていきたいんでしょ？　えーとごめんね、また名前を忘れちゃった、月夜野のインハウス弁理士さん」

口頭審理では『北脇さん』と名指ししたくせに、今は名前なんて覚えてもいないふりをする。北脇をイラつかせようとしている。プロだ、人の心を揺さぶり、不安定にさせるプロなのだ。

だが向かい合う北脇は、とびきりのビジネススマイルを浮かべるばかりだった。

「確かに本日わたくしどもは、和解協議の再開の打診にまいりました。ただそれは我々が極めて不利な中、辛くも勝利を摑んだその瞬間に、すこしでも条件よく和解してしまおうという思惑に基づいたものではありません」

「じゃあなに？　まさか特許が無効になったから、和解も自分らが有利な条件でいけるわーなんて思っちゃったわけ？」

おおげさに驚いてみせる田崎に、北脇はにこやかに言いかえす。

「ええ、おおむねそちらの主旨です」

とたん田崎は身を乗りだし、瞬《まばた》きもせずに北脇を見つめた。

「本気？」

「はい」

「あのねえ、負けるのはそちらだよ。無効審判なんてしょせんは特許庁のおままごと。最終的には裁判に勝つ方が勝つわけ」

「おままごととは思いませんが、訴訟の重要性は重々承知しておりますよ。我々もこれがはじめてというわけではありませんから」

「ああそうだった、カメレオンティーとかいうトンチキな商品の技術を冒認出願されたんだっけ？　ほんと知財管理がなってない会社だなあ、おたく」

「我が社の知財管理体制に穴があったのは過去のことです」

「へえ」

「ですが田崎代表」と北脇の笑みが深まった。「御社のコンプライアンス意識の欠如《けつじょ》は、いまだ深刻と耳にしておりますよ」

「コンプラ？　なんの話」

「代表は、御社がパテント・トロールと呼ばれることを嫌っていらっしゃると耳に挟みました。しかし噂《うわさ》によれば、そのように呼ばれても仕方ないような、懸念すべきおふるまいをいくつもなさっているとか」

「噂ねえ。噂なんて、なんとでも言えるんだよ。嘘《うそ》でもなんでも流行《はや》らせてしまえば勝ちなんだから」

たとえばだけど、と田崎は亜季に思わせぶりに目を向けた。

「君のそのかわいらしい部下の悪い噂がネット上に流れたとして、ご自身でどれほど否定したところで、一度流れればもう完全には消せないわけだよ」

怖いねえ、と田崎は頬を押さえる。

北脇に忠告しているていで、亜季を脅《おど》している。

だが亜季は動じなかった。これは脅し以上でも以下でもない。田崎は絶対に実行になど移さない。ビジネスで特許を転がすパテント・トロールが、誹謗中傷《ひぼうちゅうしょう》のリスクをとるわけがない。

だから構わず言いかえした。

「田崎代表、我々が耳にしているのは根拠のない噂話ではなく、メディア関係者の調査の結果、間違いないと裏が取れている事実です」

「メディア？」

はじめて田崎の顔色がわずかに変わった。

「……なるほど、君たちは僕を脅しに来たわけか。ここで和解に応じなかったら、メディア使って僕のやましい記事を出してやるぞって。汚いなあ」

「そんなことは言っていません」

なにが汚い、だ。そもそも書かれて困るようなやましい真似をしたのはそちらだろう。

怒りを抑えて冷静に畳みかける。

「ですがすくなくとも御社と今宮《いまみや》食品が取引先へなさった通知が違法すれすれであった事実は、弊社《へいしゃ》も認識するところです。弊社が侵害しているか実際さだかではない状態で、御社は弊社の取引先に通知しました」

月夜野ドリンクの商売を妨害しようとした。

「この行為は、不正競争防止法に抵触する可能性がおおいにあります」

「おおげさだなあ。だいたい僕らが侵害の事実を知らなかったって証明できるの？　知ってたからこそチラシを配ったかもしれないじゃないの」

「いいえ、知らなかったのは間違いありません。瀬名良平氏がそのように証言していましたから」

瀬名の名を耳にした田崎は、一瞬心底冷えた目をした。

だがすぐに、「ああー」と頭を叩く。

「そうか、あいつ本当、若気の至りでやらかしてくれたなあ。わかった、降参降参。今回は僕の完敗、よくできました。和解協議に応じるよ。だから記者さんとめてくれる？　おたくみたいな飲料会社じゃなくても、評判って大事なんだよねえ」

「訴訟も取り下げていただけますか？」

すかさず北脇は言質《げんち》をとりにいった。

「いやほんとすごいよ。君、脇下《わきした》君。こういう搦《から》め手もできるんだねえ」

「北脇です。訴訟を取り下げて、審決を確定していただけますね？」

「いや本当に君は優秀だ。瀬名の過《あやま》ちは、君みたいな切れ者が月夜野にいるって気がつかなかったことだなあ」

「田崎代表、明言いただけますか？」

のらりくらりと躱《かわ》す田崎を北脇は逃さなかった。

「世間の評判というものがいかに実体がなく、それでいて破壊力に優れているものかは、効果的に用いていらっしゃる代表が誰よりご存じのはずでしょう」

ふたりの視線が鋭く交わる。

とうとう田崎は両手をあげた。

「……わかった、北崎《きたざき》さん、すっかりきっかり手を引くよ。裁判は取り下げ、審決取消訴訟も起こさない、それでいいでしょ。協議はいつにする？　早く終わらせちゃおう」

慣れたふうに和解協議の日程を調整すると、あっさりと立ちあがる。

「今回はただ働きの大損害だったな。あいつに穴埋めしてもらわなきゃなあ」

「瀬名良平氏が弊社の藤崎を逆恨みして危害を加えることのないように、くれぐれもお願いしますよ」

「もちろんそんな馬鹿《ばか》なことさせるわけないでしょ。あいつはおだてておだてまくって、それで次のでかい儲《もう》け話を探させるんだよ。個人的逆恨みをビジネスに持ちこまれて殺傷沙汰《ざた》でも起こされたら会社が潰《つぶ》れる。大損害だ」

ひらひらと手を振った田崎は、最後に満面の笑みを浮かべた。

「じゃ、さよなら、西園《にしぞの》さん」

そうして悠々と去っていった。まるで自分が勝ったような去り際である。

「……北脇です」

小さくため息をついた北脇に、亜季は思わず笑ってしまった。

「えらく楽しそうだな」

「いえ、釘《くぎ》を刺してくださってありがとうございます」

心から感謝を告げると、北脇は思いなおしたように表情をやわらげた。

「とにかくお疲れさまでした、北脇さん」

「藤崎さんもお疲れさまでした。兎《と》にも角《かく》にも、これで終わりそうだな」

あとは田崎が約束どおりにことを運ぶかどうかだが、ビジネスに徹する田崎のことだから、早々に損切りしてこの件はしまいにするだろう。

ビジネス一辺倒というのも、それはそれでいいところもあるのかもしれない。

「にしてもあれですね、北脇さんの奥の手って、思ったほどグレーじゃなかったですね」

総合発明企画側の所業をメディアに晒《さら》す用意があるのだと告げて、こちらが有利な交渉をする。

そう北脇から聞かされたとき、亜季は心底安堵《あんど》した。メディアに晒すとちらつかせるのはまるきりホワイトとは言えないが、田崎はある意味自業自得なのである。

「遼子《りょうこ》さんとお話しされてるのを見ちゃったときは、てっきりもっとどぎつい手を使うのかと思っちゃったんですけど」

「どぎついって、どんな手」

「それはその……」亜季は視線を泳がせた。「北脇さんを悪者にする記事を捏造《ねつぞう》してもらうとか」

「悪者にする記事？　なにそれ」

「それはだから……北脇さんが諸悪《しょあく》の根源で、月夜野ドリンクは功を焦る北脇さんの独断専行に巻きこまれてピンチに陥《おちい》ったとか、そんなのですよ」

ファイルをとじようとしていた北脇は、心底呆れた顔をした。

「さすがに妄想が過ぎないか。フィクションじゃないんだから」

「わかってます！　ないとは思いましたけど！」

なんだか今になって猛烈に恥ずかしくなってきた。

「でも北脇さん、自分が悪者になってことを収めがちだから」

「もうしないって言ったでしょ。信用ないな」

「心配してるだけです」

「その心配はどっちなんだ」

「どっち?」

「なんでもない」

北脇は鞄《かばん》にファイルを突っこんで、さっと立ちあがった。

「行こう。代表の返答を会社に伝えなきゃいけないし、向こうで熊井さんと遼子さんが心配して待ってるし」

ですね、と亜季も腰をあげながら、心の中で返事をした。

どっちって、そんなの、どっちもに決まってるじゃないですか。


無効審決により、総合発明企画が権利を保持していた通称『苦み特許』の特許権は消滅した。

総合発明企画は裁判を取り下げ、両者は和解協議に入った。

そして後日、両者より和解が成立したとのプレスリリースが出された。

総合発明企画とはもうそれっきりである。

和解協議に参加した熊井が言うに、田崎はまったく悪びれておらず、さばさばとビジネスライクに和解案をまとめていったそうだ。

瀬名もまだ総合発明企画に在籍しているらしい。飲料業界に彼らのやり方は知れ渡り、どの会社も知財戦略にいっそう力を入れはじめてしまったからもう同じ手は使えない。それでも目ざとい彼ならば、またなにかしら商売の種を見つけだすのだろう。総合発明企画のビジネスは続く。規制されるか、真にブラックなことをやらかして捕まらない限り、続いていく。

別にどうでもいいか、と亜季は思っていた。彼らの信念は亜季たちのものとは異なるから、二度と道は交わらない。それで充分だ。

ちなみにプレスリリースには『和解が成立した』という事実しか記載されていないため、メディア含めた部外者で、結局どうしてこのタイミングで総合発明企画が諦めたのかを知る者はいない。遼子以外はいない。

それでもというか、だからこそというか、月夜野ドリンクが圧力をかけたとか、無効審判で月夜野が勝ったのは特許庁が有名企業に忖度したからなどという陰謀論めいた論調もしばらく燻《くすぶ》っていた。すべては総合発明企画の印象操作の、嬉しくない置き土産《みやげ》である。

だがそんな嫌な噂も煙のように消えていった。というか、すでに誰も覚えていないんじゃないかという勢いである。あれだけ月夜野ドリンクを悪者扱いしていた人々はどこにいってしまったのかと首を捻《ひね》るほどに、世の人々の月夜野ドリンクイメージは平常運転に戻っている。

「『緑のお茶屋さん』の販売量の落ちこみも一時的なものでしたし、世間ってなんというか、無責任ですよね」

定時直前に東京から戻ってきた北脇に、亜季はキーボードを打つ手をとめて話しかけた。無責任なうねりに振り回されるのに亜季もいい加減慣れてきたが、それでもなんだかな、と思わないではない。傷つかないわけでもない。怒るのなら、ちゃんと怒るべきなのだ。すぐに忘れる怒りなんて、誰かの悲しみをエンタメとして消費したのと変わらない。

だが、「まったくだ」といつもなら乗ってくれそうな北脇は、鞄から取りだしたモバイルパソコンを机に置いて、手早くメールをチェックしながら笑った。

「気持ちはわかるけど、そういう世間の無責任さもときには悪くないな」

「……どうしました？　なにかいいことでもありました？」

「なんで」

「世間に対してやさしいので。機嫌がいいのかなーと」

いつもなら、メタメタに切って捨てそうなのに。

「そういうわけじゃないけど」と北脇は軽く答えた。そういうわけじゃないのか、そうか。

にしては声がやわらかい気がするが。

「世間が忘れたのは、僕らがちゃんと無効審決を勝ち取れたからも大きいんじゃないか。だから陰謀論が大手を振ったとしても、特許庁は正しい審判をしたんだ、つまり月夜野も正しく戦ったんだという論調が生きる余地があった」

「そして最終的に、そちらの論調が生き残ったってわけですか」

「じゃない？　そっちの論調が勝った理由は、ネットリテラシ向上の成果か、規則や決定に従順なほうが好まれるって昨今の風潮によるのかはわかんないけど」

なるほど、とうなずきつつ、亜季はふと思った。

「でももしかしたら、リテラシが向上したとかってだけじゃないかもしれないですね」

「というと？」

「なんというか、月夜野ドリンクと特許庁が今までまっとうに積みあげてきた信頼があったからこそ、正しい判断がされたって信じてくれる人が多くなったんじゃないかなと思ったんです。人を信じられるかって、結局はそれまでの関係の積み重ねじゃないですか。それと同じというか」

「なるほどね。さすが藤崎さん、感情と理屈のいいバランスをとってくるな」

さらっとよくわからない褒め方をされて、亜季は目を剝いた。

やっぱり絶対、機嫌がいいぞこの上司。どうした。

「……というか北脇さん、今日は又坂先生のところに出張してたんですよね？」

めちゃくちゃにおいしいお菓子でももらったんだろうか。

「そう。そのあと本社にも寄ってきたけどな」

「新宿《しんじゆく》ですか」

「いや東京」

東京？

亜季は、パソコン画面上で退社ボタンを押そうとしていた手をとめる。

月夜野ドリンクの東京本社は新宿にあるから、東京の本社というのは親会社であり北脇の出向元である上毛《じようもう》高分子化学工業のことだろう。あの東京駅の目の前にある超立派な本社に行ってきたのか。またどうして。

いや、亜季には理由がひとつしか思い浮かばない。

「今後についての内内示があったんですか？」

「うん」

ごくりと息を呑みこんだ。やはりそうか。いよいよその日が来たのか。

北脇の月夜野ドリンクへの出向は、総合発明企画との一件が落ち着くまでとはじめから決まっていた。そしてもろもろの後処理も終わりに近づいた今、北脇はみたび親会社に戻ると決まったのだろう。

もしかして北脇のそこはかとない上機嫌も、ようやく親会社に戻れるからなのかもしれないな。そう思い至ってたまらなく寂しくなったのと同時、寂しさすら吹き飛ばすド緊張が押しよせて、亜季は両手で頰を押さえた。

北脇が親会社へ戻るのは、寂しいが仕方ないことだ。いつかは来る日とわかっていたし、今さら上司と部下として築いたこの絆《きずな》がなくなるわけはないと知っている。

しかし、北脇が上司でなくなるのならば。

人生を懸けた打席が、いきなり回ってきてしまったということである。

にしても急すぎないだろうか。さすがに心の準備ができていない。いや代打はいつでも突然回ってきたではないか。ここで決めてこその人生だ。

よし。

社内用イントラネットサイトの退社ボタンをえいっと押した。退社完了。その勢いのまま立ちあがる。メールチェックを続けている北脇の前に立つ。

「あの、北脇さん」

「なに？」

「今まで、どうもありがとうございました！」

勢いよく頭をさげた亜季を、北脇はぎょっとしたように見やった。

「……どうしたの」

「まずはお礼を言いたくて。なにも知らなかったどころか、弁理士を便利屋さんだと思っていたようなわたしを、ここまでずっと面倒見てくれてどうもありがとうございました。北脇さん、最高の上司でした。素敵な上司に恵まれて、わたしは幸せ者でした」

北脇は、珍しく口をぽかんとひらいたまま固まっている。圧倒されている。構わず亜季は続けた。勝負はここからだ。いざ。

「北脇さんがいなくなっちゃうのがすごく寂しいです。でもその、なんというか、ちょっとだけこう、嬉しい気持ちもあるんです」

「……なんで」

「わたし、やっと打席に立てるわけで」

「打席」

「そうです、その、人生の打席です。だから今、バット振ってもいいですか。いえ、前に宣言したとおり、振るなと言われても振らせてもらいます。北脇さん、わたしと――」

「ちょっと待って」

大きく息を吸ってフルスイングしようとしていた亜季は固まった。よもや一世一代の勝負をする前にアウトを宣告されたのか——とショックで青ざめかけたが、そういうわけでもない気配がする。

北脇は真剣だ。

「一応訊《き》くけど、それはビジネスの話？　それともプライベートの話」

「……もちろん、完全プライベートの話です」

「だったら待って。まだ僕は仕事中だし、それにそもそも誤解がある。僕が上化《じょうか》に戻る予定は今のところない。それどころか、あと二年は月夜野でお世話になるから」

「え？」

なんだって？

「内内示が出たって言ってませんでしたっけ」

「そんなことは言ってない。いや内内示は出たけど、月夜野ドリンクに出向を続けるってものだ」

以前からそういう話になっていたのだと北脇は言う。

「月夜野ドリンクは知財部の人員が手薄だから、来年度からすこし人数を増やすんだそうだ。新入りの仕事ぶりが軌道に乗るまで僕に面倒を見てほしいと、増田《ますだ》社長が上化に頼んでくれたらしい」

「そう、だったんですか？」

会社の危機を乗り越え、また一段と結束した経営陣の中心で、元気に社長業をこなしているあの増田が。

なんだ、そっか、よかった。安堵と喜びでまずは胸をなでおろした。北脇はまだいてくれる。一緒に仕事ができる。

そしてじわじわと、悶絶《もんぜつ》ものの恥ずかしさが湧きあがってきた。

「わたし、とんだ早とちりをしたってことですか」

「まあ、うん……」

「北脇さん機嫌がいいから、てっきり」

「別に特別機嫌がいいわけじゃないって言ったでしょ」

「でもなにかいいことはありましたよね？」

「とくにない。強《し》いて言うなら偶然南《みなみ》に会って、おめでたい報告を聞いたくらいだよ」

「あ、南さん……そっか」

お子さんでも生まれるのか。それで北脇さんもちょっとご機嫌だったのか。そっかそっか。

赤くなっている亜季を前に、北脇も気まずそうだ。

「もちろん、上司冥利《みょうり》に尽きる言葉はありがたく受けとらせていただくけど」

「いえ忘れてください！　その、全部！」

亜季は真っ赤になって両手を振り回した。

やってしまった。うっかり癖は近頃ほとんどなりをひそめていたのに、なぜこの大事な局面でやらかすのか。

たまらず冷蔵庫から『緑のお茶屋さん』を取りだして、ぐびぐびと飲んだ。あー恥ずかしい。

しかし少々落ち着くと、気になることもあった。

「でも北脇さん、いいんですか？」

「なにが」

「あと二年も月夜野にいたら、出向期間かなり長くなっちゃいますよね。キャリアプランとかあるでしょうに」

亜季たちはいてくれてもちろん嬉しいが、北脇個人の幸せが損なわれているのなら、諸手《もろて》をあげては喜べない――と思ったのだが。

「キャリア？」

北脇は信じがたいという顔をした。「とくに損なわれているつもりもないし、だいたい今さらじゃないか。俺はあのときとっくに、どうなろうと責任をとる覚悟をしたのに」

「あのとき?」

本気でどのときかわからず眉をひそめていると、北脇はおおげさに息を吐いた。

「人の心配してる場合じゃないでしょ、藤崎さん。四月になって人が増える。つまりは藤崎さんにも部下ができるってことなんだから」

「え、わたしにも部下がつくんですか?」

「当然。熊井さん、かなり期待してるみたいだよ。人を引っ張る立場になってまた一段とたくましくなるんじゃないかって。まさか藤崎さんともあろう者ができないなんて——言うわけないいか」

胸を膨らませている亜季に気がついて、北脇は頬を緩めた。そうだ、言うわけがない。

「そりゃ不安もありますけど、でも嬉しいし、楽しみです」

熊井の期待に全力で応えたい。そういう懸命な亜季を、素敵な上司だと思ってもらえれば嬉しい。

などとまだ見ぬ部下へ思いを馳《は》せていると、

「はいこれ、どうぞ」

なにかがさしだされた。

亜季は目を丸くする。これは、ハラダのラスクではないか。

「……くださるんですか？」

「いらないの？　ならいいけど」

「いりますって！　でも」

とそろりと窺う。「これって、どういう心を分けてくださったんですか」

無償の贈り物は、心を贈っているのと同じ。だから北脇がなにかをくれるのならば、必ず理由がある。思いがある。

「もちろん、はじめて上司という立場になる部下への、先輩上司としての心遣いだよ」

と完璧上司はさらりと答えた。「藤崎さんには僕も期待してるし、頼りにしてる。だから、これからもよろしく。そういう意味もある」

和《なご》やかな声に嘘はない。だから亜季もにこりと返した。

「わたしこそ、よろしくお願いします」

上司と部下で、仲間で、同志。

そんな最高の関係が、これからも続いていくことが嬉しい。……まずは、今は。

「というわけで、この話は終わり」

「え、あ、はい」

つい間抜けな返事をしてしまってから、亜季は自分に言い聞かせた。わかっている、これでいいのだ。北脇はこれからも上司であり続けるのだから、プライベートなお誘いなどしなかったしされなかったことにするしかない。

とハラダのラスクを握りしめて回れ右をしかけたときだった。

「藤崎さん待って。まだ話自体は終わってない」

え、と戸惑っているうちに、北脇は手早くパソコン画面のイントラネット上の退社ボタンを押して、どこかあらたまった感じで亜季の前に立った。

「というわけで、僕も今退社したから」

なんのこっちゃ、と思う隙もなく、亜季は目をみはった。

再びハラダのラスクがさしだされている。今度はいったいどういう風の吹き回しだ――と考えるよりもさきに気がついた。

もしかして、これは。

高鳴る胸を押さえて尋ねる。

「本当にもらってもいいんですか？　これって無償の……プライベートの贈り物ですよね？」

わたしに、心を分けてくれるんですよね？

そう、と北脇は眩《まぶ》しそうにうなずいてくれた。

「もらってくれますか、藤崎さん」

亜季は息を大きく吸いこんだ。答えなんて、ずっとまえから決まっている。

「喜んで！」

ラスクが手から手へ渡る。指さきが触れて、心が繋がる。さくりと甘いラスクを噛《か》みしめながら、亜季は思った。わたしは最高に幸せだ。ねえ、むつ君。

そして甘い菓子を味わい終えたなら、次は当然『緑のお茶屋さん』である。味わい深い苦みで喉《のど》を潤すと、なんだかおなかが空いてきた。

さて、と亜季は上司を見あげた。

「北脇さん、せっかくですから来年度への景気づけに、食事にでも行きませんか？」

「いいな、なに食べる」

「ここはやっぱり『ふわフラワー』のオムライス……と言いたいところですけど、今日は定休日なんですよね。どうしようかな」

だったら、と北脇は口角を持ちあげる。

「焼肉はどう」

「いいですね！　行きましょう！」

「熊井さんも誘ってみようか」

「ぜひぜひ！　わたし、メールしてみますね！」

ライム色の椅子《いす》に置かれた鞄を掴み取る。鞄につけられた笑顔のむつ君キーホルダーが、大きな窓からさしこむ群馬の明るい夕日を受けてきらきらと揺れる。

空は、雲ひとつなく晴れ渡っていた。

【番外編】

それってラブレターじゃないですか？

訊《き》くべきか、訊かざるべきか。

亜季《あき》は頭を抱えていた。

こんなプライベートに過ぎる質問を上司にぶつけるのは、さすがにどうなのか。だがしかし。訊かなかったとしても、たぶん明日も同じように悩むだろう。

ならば道はひとつ。尋ねてみるしかない。

というわけで咳《せき》払いをひとつして、さもどうでもいい話ですよーという顔で休憩中の上司に声をかけた。

「あの、北脇《きたわき》さん」

「なに？」

「ラブレターって書いたことあります？」

ソファに腰掛けた北脇は、顔もあげずにさらっとラスクの小袋をひらく。

「あるよ」

「……本気のやつですよ？」

「僕は基本的に本気のやつしか書かないけど」

そんな、と固まる亜季の前で、北脇は「まあ」と話を続けた。

「どちらかといえばもらうほうが多いな。いいのか悪いのか」

「あ、そんなに頻繁《ひんぱん》に……えっとじゃあ、そうですね、ちなみに、直近でもらったのはいつです？」

なんとか捻《ひね》りだした苦し紛れの質問に、「直近か」と北脇は小首を傾《かし》げる。ラスクを噛《か》みしめながらちょっと視線を上にあげ、それから言った。

「先週だな」

なるほど、と愛想笑いを浮かべた亜季は、そのままぐったりと机に頰《ほお》を押しつけた。

なんかもう、帰りたい。


亜季が急に直球かつ超絶プライベートな質問を上司に投げかけたのは、もちろん理由あってのことである。

先日、いつもお世話になっている又坂《またさか》国際特許事務所を訪ねたとき、所長の又坂と北脇がこう話しているのを小耳に挟んでしまったのだ。

――え、またラブレターもらったの、北脇さん。もてるねえ。

――もてても困りますよ。もらいたくてもらってるわけじゃないんですから。

――よ、色男。

――勘弁してください。厄介《やっかい》な仕事が増えるだけです。

茶化す又坂に嘆息を返す北脇を、亜季は廊下の曲がり角からぎょっと盗み見た。

え、これ、なんの話だ。

聞き間違いでなければラブレターの話である。ラブレターを北脇がもらって、辟易《へきえき》しているという話である。

しかし亜季には、にわかには信じられないことだった。この上司、確かに見目はいい。なにも亜季の主観ではなく、客観的事実として魅力的である、はずだ。

だとしても、令和を生きる大人の男がそうやすやすとラブレターなんてもらうだろうか？　そんなもの、普通は中学生くらいが『好きです』とか『付き合って』とか微笑《ほほえ》ましいやりとりに使うくらいで、大人が頻繁に渡すはずもない。いやわからない、亜季が令和の恋愛事情に置いていかれているだけで、巷《ちまた》では手紙で思いを伝えるのが流行《はや》っているのかもしれない。

しかしもし流行っていたとしても違和感が拭《ぬぐ》いきれない。だってあの北脇の言い方、らしくないではないか。誰かの気持ちがこもったラブレターを、『厄介な仕事が増える』だなんて言う人ではないのに。

やっぱり聞き間違いじゃないのか。

うん、そうだ、そういうことにしよう、と亜季は廊下の陰《かげ》に隠れたままひとり納得した。汗と涙の結晶を守ることにあれだけ情熱を傾ける北脇が、もらったラブレターをあしざまにけなすわけがないし、そもそも北脇にラブレターを渡す人間がそんなにいるわけがないはずだ。と信じたい。

などと納得しかけていた亜季の耳に、またしてもふたりの声が届いた。

——でも北脇さんも近頃は、いけそうだったら積極的にラブレター送ってみる戦略に変えてるんでしょ。

——それはまあ。可能性がすこしでもあるなら粉をかけておきたいですからね。

——姿をちらつかせて、気が気でなくさせるわけね。はんと、駆け引き上手だなあ。

なんだって？

亜季の思考は一瞬とまった。『粉をかける』？　『駆け引き』？

……いや、聞き間違いだ。そのはずである。さも亜季自慢の上司が、いろんな相手に

『粉をかける』ために『ラブレター』書きにいそしむ『駆け引き上手』のように聞こえて
しまったが、幻聴である。間違いなく。

　ですよね？

　と、そのときは無理やり納得したのだが、やはりというかなんというか、時間が経《た》てば経つほど真意が気になって仕方なくなってくる。というわけでまあ一応、念のため、軽いノリで、ラブレターのことを尋ねてみるかと思ったのだ。

　きっとあの不器用な上司は呆《あき》れたように、でもちょっと気まずい顔で、『そんなもの書くわけないでしょ』と返して——くれるはずだったのだが。

　なんか、めっちゃ慣れてる感じだったな、北脇さん。

　亜季は頬を机に押しつけたまま、パソコン画面に表示された著作権表記のチェックをぼうっと見やった。

　北脇は、いつも本気のラブレターを書くし、つい先週ももらったのだという。

　ということは、このあいだの『粉かけ』発言も、聞き間違いじゃないのかもしれない。

　そうだよね、と亜季は目をつむった。頭がよくてかっこよくて、ストイックで情熱があって、やさしい人だもんね。そりゃもてるよね。

　……いやどうだろう、けっこうな変人だし、こだわりが激しくて、わりと融通が利かないところもあるし。

だがそういう難点を差しひいても、北脇を想う人間がまず確実にいるのも、亜季は重々承知していた。よく考えればこの上司は超ハイスペックだし、そりゃ粉をかけたらいくらでも網にかかるに違いない。

それでもやはり亜季には、北脇がそんな駆け引きを楽しむタイプだとはとても……。

「――藤崎《ふじさき》さん？　聞いてる？」

いつの間に近づいてきたのか、すぐ横から訝《いぶか》しげな上司の声が響いて、亜季はびくりと顔をあげた。

「はい！　なんでしょう！」

「やっぱり聞いてなかったな。新しく頼みたい仕事の話をしてたんだけど。眠いの？」

「いえ全然！　ちょっと考え事をしてて」本当である。「それよりどんな案件ですか？」

なんとかごまかすと、北脇は飲みかけの『緑のお茶屋さん』を手に、やや呆れ顔で首を傾けた。

「今度ライセンス契約を結ぶことになったから、とりまとめを藤崎さんにお願いしたい。今言ったとおり、僕は別件で忙しいから」

「別件？　あ、えっと、なるほど」

なにも聞いていなかった。忙しい別件とはなんだ。まさか殺到するラブレターをさばく作業……なわけもないし、頭を切り替えた。

「ライセンス契約ってざっくり言えば、特許の貸し借りの契約ですよね？」

「ざっくり言えばそう」

特許とはいわば、その会社が手にした陣地である。基本的には他社の人間は入りこめない。よって新しく製品を開発するときには普通、他社がぶんどっている陣地はあらかじめ避けて、自社がすでに得ている陣地と、誰のものでもない土地だけを通れば製品化に行き着くように道筋を設定する。

だが、ときにはどうしても他社の陣地――つまりは他社特許を用いねば辿《たど》りつけないときもある。そんな場合どうするか。

まず考えるのは、その必要とする土地が他社のものではないことにできないか、である。他社占有地の看板を剥いでしまう、つまり他社特許を無効にできれば、大手を振ってその技術を使えるからだ。

しかしあらゆる手を打っても無効化が叶わない場合は、腹をくくって相手にお伺いを立てるしかない。金は払うので、おたくの陣地を通らせてくれませんか。

それがライセンス契約である。

まあ、それほど特殊なケースではない。企業同士ではそこそこ一般的に交わされるものだとは亜季だって知っている。

それでもおそるおそる、そろりと尋ねた。

「それ、うちはライセンスするほうですか？　してもらうほうですか？」

一介の知財部員たる亜季が任せられたのは、意見の集約や先方とのやりとりである。契約の詳細を詰める責任重大な作業を担《にな》うのはもっと偉い人たちだ。

それでも月夜野《つきよの》ドリンクが借りるほうか貸すほうか、どちらなのかによって、亜季がどれだけひどい目に遭うかは大きく変わる。

なぜなら特許を貸す側の会社のほうが、当然ながら立場が上なのである。もし月夜野ドリンクが特許をライセンスしてあげるほうなら、基本的にこちらの意向が優先されるし、交渉も優位だ。よって亜季の仕事もずいぶんやりやすい。相手もそれほどむちゃくちゃ言ってこないはずだし、契約条項をこちゃこちゃと調整し、相手がたと駆け引きしなければならないお偉方も、心持ち気持ちに余裕がある。

だがもし、ライセンスしてもらう側だったら？

そっちの未来はあまり考えたくなかった。

亜季の心配はお見通しなのか、北脇は「大丈夫」と口角をあげた。「今回、うちはライセンスするほうだから」

「ほんとですか！」たちどころに亜季の頬は緩む。よかったよかった、安心である。「それで、どこの会社に特許を貸すんです？」

「ほら、藤崎さんが名探偵ぶりを発揮したことがあったでしょ。特許を手がかりに、未発表の新製品が高級バナナジュースだって見破ったことが。あの会社だよ」

亜季は数度瞬《またた》いて、あ、と手を打った。

「金鼻《このはな》酒造ですね！」

以前亜季は、すでに公開されている特許の情報を手がかりに、金鼻酒造が隠している新製品が自社の『ジュワっとフルーツ　プレミアムバナナ』と競合するものだと見破ったことがあった。

「もしかしてあのときのわたしの発見が役立ったり、した感じですか？」

「そのとおり。藤崎さんが早めに気がついてくれたおかげで、うちと金鼻が似たような技術領域で製品を作っているってわかったでしょ。それで先手を打って、今後の商品展開で金鼻と被りそうな領域で、手広く権利を確保したんだよ。そうしたら、まさにその確保した技術の一部が、金鼻酒造の製品には必須のものだったらしくて」

このままでは金鼻酒造は、商品として発売することが不可能だ。

「それで困って、うちにライセンス契約をお願いに来たんですね」

「そういうこと。ライセンス契約を結ばなければ商品を売れないから、金鼻は結ばざるをえないだろう。うちは契約しようと拒否しようとどちらだっていい。契約すればなにもせずとも利益が転がりこむし、しなければライバル商品が生まれない。どちらにせよおいしい話で、藤崎さんのお手柄だな」

北脇が心から嬉《うれ》しそうに言うので、亜季は胸がいっぱいになってしまった。金鼻酒造がライセンス契約しなければならなくなったのは、北脇がとても上手に特許をとったからで、どちらかというとこれは北脇の手柄である。なのにお手柄だなんて言ってくれる。ほんと、いいひとだなこのひと。やっぱりラブレターの件は誤解な気が……。

しかし亜季はふと思った。あれ、ちょっと待てよ。

「北脇さん」

「なに」

「これってつまり、陣地をさきに押さえたら、相手がうっかり入りこんでいた。それで通行料を取れることになってしめしめって話ですよね」

「そうだけど？」

「ということは北脇さん、相手の事業を妨害するのが主目的の特許をとったんですか？」

もしかして、と思ったのだ。

もしかして北脇は、自分が座りもしない椅子《いす》に、あとから来た誰かが座れないよう荷物を置いておく、そういう戦略を選んだのか。

もちろん法的に違法なわけではない。場合によってはありだし、行っている企業も存在するだろう。だが北脇は、個人的には気が進まないようなことを言っていなかったか？

「当然妨害目的で特許なんてとってない」

と北脇はさらりと答えた。「そもそもピンポイントに妨害するのなんてかなり難しいよ。他社の開発状況を完全に先読みしないといけないし、金と人員が膨大にかかる」

「じゃあ偶然、たまたま、金鼻酒造がうちの特許に引っかかったんですか」

「そうに決まってるだろ。まあ今回は、うまく引っかかってくれればいいなと、いつもよりも多角的に権利範囲を確保しておいたのは否定しないけど。自社と事業領域が被ってるんだから、当然の判断だよ」

「……なるほど」

そうか、であれば北脇は、自分では使いもしない特許を、ただ金鼻酒造への嫌がらせのためだけに確保したわけではないのか。そりゃそうだよね、北脇さんは言ったことは守る人だよね、と思いつつも一抹《いちまつ》の不安がよぎる。

もし北脇が、粉をかけるためだけにラブレターを送る人間ならば?

万が一そんな人間であるならば、美しい信念を亜季に信じこませておいて、裏では嬉々《きき》として相手を妨害する特許を用意していた可能性もないとはいえない。いやまさか、この上司に限ってありえない、と思いたいが……。

「藤崎さん、どうしたの。具合悪いの」

またしても頰を机に押しつけた亜季は、「大丈夫です、元気です……」とつぶやいた。

「だったらいいけど。とにかく仕事はやってくれる感じ?」

「もちろんです、頑張ります……」

頑張りますけど、それはそうとして北脇さん。

ラブレターでの駆け引き、好きなんですか?

本当の北脇さんはどっちなんですか。

というわけで、亜季は金鼻酒造とのライセンス契約のとりまとめ業務にいそしむことになった。今回はやりとりされる金額が大きな契約になりそうだから、最終的には双方の社長が契約書にゴーサインを出して成立である。しかしそこに至るには、まずはサインに値《あたい》する、両社が納得できる契約に落としこむ必要があり、そのための契約書草案のやりとりが、月夜野ドリンクと金鼻酒造で始まった。

まあ、そこまで厄介な仕事でもないだろう、と亜季は高をくっていた。金鼻酒造はどうしてもその特許が必要な手前、こちらの言い分をある程度呑《の》まざるをえないのだ。

しかし、

「グロッキーだねえ、藤崎さん」

東京虎ノ門《とらのもん》の又坂国際特許事務所の所長室にて、又坂が備えつけの冷凍庫をあける。中には高級カップアイスが整然と並んでいた。どれがいい、と訊かれて、借りてきた猫のように座っていた亜季は、緊張のあまり適当に一番左を選んだ。

実は今、又坂とふたりきりなのである。北脇は、先日どこぞの会社から警告書が届いたそうで、そちらの協議に行ってしまった。

「ライセンス契約のとりまとめなんて、究極の調整業務だもんねえ。そりゃ大変だ。はいどうぞ、抹茶味」

よかった、好きな味だ。亜季はほっと受けとりながら、「そうなんです」とうなずいた。

そう、グロッキーなのである。

「わたし、許諾するほうだから楽だと思いこんでたんですが」

そんなことはまったくなかった。

契約書の締結に至るには、多くの条件を詰めねばならない。たとえば特許を許諾する技術の範囲、期間、ライセンス料、トラブルが起こった場合の対処法などなど、きっちり双方が納得するところまで落としこまねばならない条件は多岐《たき》にわたり、のちのち大問題に発展しないよう、めちゃくちゃに細かいところまで明確に取り決められる。

そして両社ともなるべく自社が得をする契約にしたいから、相手が寄こした草案に手を入れまくる。すこしでも自社が有利な文言《もんごん》に修正してくる。それを受けとったほうは、直してきやがったなとむっとしつつもまた直す。そういう、肘《ひじ》置きを左右のどっちに座った人が使うかみたいなこちゃこちゃした戦いが延々と続く。

もっとも契約は駆け引きだから、仕方ない部分もある。それは亜季もわかっていた。

しかし。

「トラブルがあると、なぜかわたしが『なんだこの草案は！』って先方からも、身内からも怒られるんです。ただ送られてきた草案をまとめて右から左に送ってるだけなのに」

まるで亜季に責任があるかのように詰められる場合すらある。それが精神力と体力をごりごりと削っていく。

「藤崎さんが窓口になってるから、まず怒りがそこに向いちゃうわけね」

「そうなんです。理不尽じゃないですか……」

肩を落としてアイスを口にする。抹茶味が疲れた心に染みわたる。

「そもそもなんですけど、ご存じのとおりこの契約をとりまとめているのは木下《きのした》常務で、他にも熊井《くまい》さんや法務部長、販売部長、とにかくすごい肩書きの人が何人も集まって作ってるんです。方針もみんなが集まる会議で決めてて、そこでうまく方向性が決まらないと、結局それぞれが好き勝手にこうしろああしろってわたしに言ってきて」

「藤崎さんは矛盾《むじゅん》した指示に混乱しつつ、みんなの意見をとりまとめるために会議を何度も何度もひらかなきゃいけなくなったりするわけね。分刻みの偉い人たちのスケジュールをなんとかすりあわせて」

会社あるあるだねえ、と又坂は面白がっている。面白くないですよ、と思ったが、亜季は手元の高級アイスで自分を慰《なぐさ》めた。契約をまとめなければならない偉い人たちが苦労しているのはわかっているし、それに又坂も、わざわざ所長室に連れてきてまでこんな逸品をくれるのだから、ちょっとは同情してくれているのだろう。

「まあ藤崎さん、落ちこまないで。今回は特許を貸してやる立場なだけましだから。これが許諾を頼む側だとか、クロスライセンス契約だったら七面倒だよー紛糾《ふんきゅう》するよー」

スプーンを口に突っこみながら、亜季は遠い目をした。確かに逆の立場だったり、クロスライセンスだったりよりはましかもしれない。

クロスライセンスとはその名のとおり、互いにライセンスし合う契約である。どちらかが一方的に貸すわけではなく、互いに権利を貸し合うわけだ。つまりウィンウィン、ほっこり契約――のように一見見えるが、その内実はあまり穏やかなものではないことが多い。

よくあるのは、『お前、うちの特許侵害してるだろ』と警告されたとき、懸命に相手の落ち度、つまりは相手がこちらの特許を侵害している証拠を見つけて、それでクロスライセンスに持ちこむ場合である。相手に弱みを握られたから、どうにか弱みを握り返して、互いに権利を貸し合うことにしてイーブンを保つ、ぎりぎりの攻防だ。

そんな状況になったらおおごとで、亜季の業務の難易度も跳ねあがる。お互い弱みを握り合っているわけで、遠慮する必要もないわけで、自社の要求を押し通そうとぐいぐいきて、あいだの亜季が押しつぶされるのは明白である。

よかった、クロスライセンスじゃなくて。

「まあわたし、今回の自社に有利な契約のとりまとめにも難儀してるんですけどね……」

「そう？　藤崎さんはこういう仕事、北脇さんよりは得意だと思うけどね」

苺《いちご》味のアイスを食べながらさっぱりと又坂が言うので、亜季は苦笑した。

「北脇さん、調整業務もそつがないですよ。なんでも完璧じゃないですか、あのひと」

亜季が勝っているわけがない。それは亜季自身が一番よくわかっている。

しかし又坂は「やだなあ」と目を細めて言った。

「北脇さん、調整に苦戦してるときも多いよ。でも藤崎さんには完璧人間だと思われたいから、頑張ってるんでしょ」

「え」

「あのひと、そこは初心《うぶ》だよねえ。かわいいよねえ……なんてまずいまずい、藤崎さんの前でこんなこと言ってるって知られたら、ものすごい文句言われそう」

又坂は楽しそうに薄紅色のアイスにスプーンをさしいれながら、ああ怖い、とおおげさに肩をすくめている。

そうなのか？　亜季はむずむずとした。北脇はいいところを見せようとしているのか。それも特別、亜季の前で……。

……いやでも待て。

「北脇さん、本当に初心なひとなんでしょうか」

ぼそっとつぶやくと、又坂はぎょっとしたようにスプーンをとめた。

「え、どしたの」

「その……実はわたし、おふたりが話していらっしゃるのを聞いてしまって。あの、ラブレターをもらうとか出すとか、そういう。それでなんというか」

気になって仕方がないのである。あれは本当にラブレターの話だったのか。北脇は粉をかけるためにラブレターを出す男だというのか。

しばし首を傾げていた又坂はひとり合点がいったようで、再び心から楽しそうにアイスを口に運ぶ。

「ああ……ああ、なるほどね。そっかそっか」

「あの、ラブレターはさすがに聞き間違いですよね？」

かえって不安になって亜季は又坂の顔を窺《うかが》った。尊敬する上司が最低ラブレター野郎であるわけないですよね？

「いや全然あってるあってる！　確かに間違いなく『ラブレター』の話をしたねえ。今後はもっと積極的に粉かけてくって言ってたね、彼」

「……そういうひとなんですか？」

又坂は大笑いしているが、亜季はまったく笑えなかった。

まじか。誤解だと言ってほしかった。

ひとしきり笑うと、又坂は衝撃で固まっている亜季の肩を励ますように叩いた。

「あのね、これに関しては、本人に直接訊いてみたほうがいいよ。それこそ手紙でも書いてみればどう。これぞほんとのラブレター、なんてね」

そんなの無理に決まってるよ。

後日月夜野ドリンクの廊下を歩きながら、亜季は思っていた。

あなたは最低ラブレター野郎なんですか、なんてカジュアルに尋ねられるようなら、亜季の人生はとっくに違う方向に進んでいるはずだ。どちらに進んだかは別として。

金曜の午後である。ついさっき、十数回目にして、おそらく最後のライセンス契約に関する社内会議がようやく終わり、会議室から戻るところだった。

結局金鼻酒造とは、あらゆる項目、とくにライセンス料の設定で揉《も》めに揉めた。金鼻のほうの交渉役は言葉尻をとらえるのが異様にうまく、ちょっと話題に出ただけの事柄などを、さもコンセンサスがとれたように契約に入れこもうとするから大変だったのである。

しかし結局は金鼻のほうが折れた。やはり許諾する側の月夜野の立場が強かったわけだ。月夜野ドリンクが『そんな契約は結べない』と言ったら、困るのは金鼻なのである。

というわけで草案は完成、ひとまずめでたしめでたし。あとは週明けの常務会で社長の増田《ますだ》の裁可を得れば、晴れて契約締結、面倒な仕事もおしまいだ。

うまくとりまとめられましたよって北脇さんに報告しよう。

意気揚々《ようよう》と部屋に戻る。しかし北脇は席を外していた。先日送られてきたという警告書への対応を今日も話し合っているらしい。

「北脇さんが対応している警告書って、どうなってるんでしょうね」

北脇が今処理している警告書は、先輩の柚木《ゆずき》さやかが現在配属されている部署の製品に関係していると聞いた。カフェテリアで野菜たっぷりカレーを口に運びながら尋ねてみると、さやかはきょとんとした。

「あれ、北脇さんから聞いてない？　うちの上司——水口《みずぐち》さんは、たいした警告書じゃないし、おおごとにもならないって言ってたよ。なんか、相手がうちに侵害されてるって主張してる部分の論理に穴があるんだって。そう北脇さんが突きとめてくれたって」

とにかく脅《おど》すことが第一の、がばがばな警告書だったらしい。

「それはよかった。でも……なんで北脇さん、進捗《しんちょく》を教えてくれなかったんでしょう」

さやかも知っているのに、同じ知財部員の亜季が進捗を知らないなんて。ふと脳裏に、『粉をかける』という一言がよぎる。

「そりゃ亜季はライセンス契約で忙しそうだからでしょ。大事にされてるねえ」

「本当にそう思います？」

思いもよらない真剣な問いかけに、さやかは戸惑った顔をした。

「なんかあった？」

「……いえ全然、まったくなにも」

亜季は結局、もごもごとカレーを口に詰めこみごまかした。

北脇ラブレター疑惑については言えない。もし北脇が裏で粉をかけまくっている最低男だとしても、仕事に真摯《しんし》なのは事実。余計なことを言ってその仕事ぶりまで貶《おとし》めたくないし、そもそも亜季はまだ上司を信じていたいのである。

「じゃあいいけど……そういえば亜季が担当してるライセンス契約のほうはどうなった？　なかなか草案がまとまらないって言ってたよね」

「あ、それはなんとか！　今日、無事に双方納得の案がまとまりました。結局金鼻さんがうちの要求に折れた形で」

「え、あの金鼻があっさり折れたの？　ほんとに？」

「それほどびっくりすることなんですか？」

さやかがあまりに驚いているので、亜季は意外に思った。確かに金鼻酒造のやり方はちょっと狡《ずる》い。だが最終的には穏便に、ビジネスとしてすんなり譲歩してくれたのだが。

「びっくりもびっくりだよ。ていうのも実はうちの部署、今けっこう揉めててさ」

どうも、さやかの部署が作っている新製品の粕汁《かすじる》飲料に必要な酒粕が、手配予定だった企業から調達できなくなってしまったという。それで急遽《きゆうきよ》金鼻酒造から融通してもらうことになったのだが、この金鼻酒造、こちらが困っているのをいいことに、かなり居丈高にふっかけてくるらしい。

「凄《すご》んで脅して、馬鹿《ばか》高い値段を呑ませようとしてくるんだよ。メンチ切って、とてもビジネスの交渉って感じの雰囲気じゃなくて」

それでさやかの上司の水口は、大幅コストアップを呑んで金鼻酒造から調達するか、現行の仕様での製品化を諦《あきら》めるか悩んでいるという。

「その話を聞いてたからさ、わたし亜季がずっと心配で。ガラが悪い相手にむちゃくちゃなことされてない？　なんでよりによって亜季が担当なんだろ。こういうときこそ北脇さんでしょ。だってあのひとなんていうか――」

「不敵な笑みを浮かべてがっつりやり返しそうですもんね」

露悪的というか、自分をあんまり大切にしていない感じというか。

とにかくさやかは案じてくれているようだ。だがご心配なく。

「わたしのほうは、いたって普通のビジネス的なやりとりでしたよ」

「脅されたりしてない？」

「大丈夫です」

と笑うと、だったらいいけど、とさやかは肩の力を抜いた。

「まあでもそうだよね、ライセンスしてほしいのなら、金鼻酒造もへこへこするしかないもんね。とにかく無事まとめられてよかったねえ。北脇さんも喜ぶね」

返却口に食器を返すと、さやかはからかうように亜季の腕を小突いた。

そうですねと笑い返しながら、亜季の胸には一抹の不安がよぎる。喜ぶだろうか。やっぱりさやかに、ラブレターのことを相談すればよかったかもしれない。

そんなこんなのうちに、いよいよ常務会である。

「ほぼうちの要求が通った草案だから、社長も文句はないだろ、大丈夫、問題ない」

開催を前に、木下はひとりうなずいていた。じゃっかん自分に言い聞かせているようでもある。そして亜季たち出席メンバーも、やはり自分に言い聞かせるように首を縦に振った。そうだ、たぶん大丈夫。

なんだかんだでここまで長かった。三日に一度は草案に新たな問題が見つかり、メールが飛び交い、五日に一度は社内で紛糾していた。先方とのやりとりなど大騒ぎで、振り回される亜季もへとへとである。

だがこれで終わる。社長の増田への説明資料も、亜季が立派なのを作りあげた。完璧なできばえだし、社長も『じゃあそれでいきましょう』と言ってくれる。

間違いない——はずだったのだが。

「以上が金鼻酒造とのライセンス契約草案でございます。いかがでしょうか」

緊張の面持《おもも》ちでお伺いを立てた木下に、増田はなかなか返事をしなかった。腕を組み、下唇を突きだし、亜季が自信を持ってまとめた資料に目を落とし考えこむ。

長考である。

場に微妙な空気が満ちる。おっとこれは、雲行きが怪しくないか？

亜季は青くなってきた。亜季ばかりでなく、木下や能井、草案の整理に関わったそうそうたる幹部の面々にも冷や汗が浮かぶ。いや大丈夫、ここまで調整に調整を重ねて、ようやく完成した草案だ。まさかひっくり返すわけがない。これでいこうと言う。言ってくれ。言ってくれるはずですよね？

だが増田は開口一番、すっぱりと切り捨てた。

「ちょっとこれは、受けいれられないな」

え、と場が凍った。直後、木下がばねみたいに勢いよく口をひらく。

「しかし社長、すでにこの草案、先方ともほぼ合意がとれておりまして」

「もちろん知ってるよ。そこは本当、よくまとめてくれた。だけどさ」増田は頬に手を添え首を傾けた。「今ふと思ったんだよな。このまま締結しちゃったらもったいなくない？」

「もったい、ない？」

「ほら、フロンティア創成課の粕汁飲料、原料の調達に難航してるでしょ。で、そっちの取引先も同じ金鼻酒造。どうせだから、その契約まるっと入れこんだほうがよくない？」

「それは……」

　固まってしまったライセンス契約チームの面々の中、熊井が困ったように問いただす。

「つまり、我々が進めているジュース特許のライセンス契約と、粕汁の原料の調達に関する契約をセットにすべきとお考えですか？　ある意味、クロスライセンス的に」

「そうそう」

　増田は我が意を得たりとうなずいた。「木下さんたちが進めてるバナナジュースの特許は、うちが許諾してやるんだから、条件を強気に出せるでしょ。だったらうまくいってない粕汁の原料の調達についての契約も同時に締結しちゃえばいい。そうしたら先方も今みたいなふっかけ値段は提示できなくなる。まともな値段で売らないと、特許を許諾してもらえないっていうんだから」

　いい案だ、と満足げな増田と裏腹に、亜季たちには気まずい空気が流れる。

　増田の考えはこういうことだ。うまくいっている契約に、うまくいきそうにない契約を抱き合わせてしまえ。金鼻酒造はバナナジュースの特許ほしさに、えげつない商売を引っこめざるをえない。

わかる、わかるのだが。

「しかし……」木下は汗の滲《にじ》む禿頭《とくとう》を撫《な》でた。「こちらが不利な取引の契約とセットにすれば、ライセンス契約全体がそのあおりを受けるのは間違いありません。現在の草案ほどは、我々の意向を反映したものにはならない可能性が……」

今までは一方的に向こうが弱い立場だったから、月夜野ドリンクは自分たちの要求を通せた。しかし粕汁の原料まで入れこむとなると、互いに助力を得られねば立ちゆかない事業がある状態で契約交渉を行うことになる。立場は対等になり、金鼻酒造も今まで譲っていた部分を譲らず、それどころか押し切ろうとしてくるだろう。最悪、増田が期待している適正価格での粕汁の原料調達さえ勝ち取れるかわからない。今より不利な条件で特許をライセンスしたうえ、馬鹿みたいな値段で原料を買わされる可能性だってある。

しかし増田はにべもない。

「そこは頑張って。現状の草案をなるべく維持したまま、粕汁の原料もこなれた値段で調達できる契約にしてよ」

そんなの無理です、と言いたいだろうところ、木下は口をぱくぱくするだけにとどめた。偉い、と亜季はうなった。さすがに社長の無茶ぶりが過ぎるのに。

いや同情している場合ではないのだ。

「あの、本件の事務を担当しております知財部の藤崎です！」

亜季は思い切って手をあげる。ここは間違いなく亜季の出番である。空気を読めない下っ端社員だと見せかけてでも、この流れをとめなければ。

「社長の仰《おっしゃ》るとおり、現状の草案を極力変更せず、粕汁の原料調達についても譲歩を引きだすのが理想だとは理解しております。ですが実務上、現実問題、新たにこちらが条件を付け足す形になりますと、現在のライセンス契約の草案は事実上破棄、はじめからすべてやりなおしとなってしまいますが……」

よく言った、という同志の気配をひしひしと感じる。

そうである、今の契約に抱き合わせなんて不可能だ。ここで増田を翻意《ほんい》できなければ、全部白紙、最初からやりなおし。しかもこちらには余計な弱みが付け足された、弱くてニューゲーム状態。木下以下、泣かされるのは間違いない。

もちろん亜季も――というか、下っ端の亜季が一番ひどい目に遭うのは目に見えているし、そもそもここでひっくり返すリスクを、増田が知らないわけがない。

思いなおしてくれ。頼むから。

願い空しく、増田は手を振った。

「当然最初から練り直して。そのうえで、きちんと我が社の利益になる契約を結んで」

亜季は引きつった笑みを浮かべた。まじか。


「それは面倒なことになったな」

ぐったりと肩を落とした亜季の話を聞いて、北脇は向かいの机のモニター越しに笑った。

「面倒どころじゃないですよ。ここのところの仕事、全部無意味になっちゃいましたし、もうすでにトラブルも起こっていて……」

粕汁の原料調達についての契約も同時に締結してほしい、そう金鼻酒造に頼んだら、それなら最初からすべて協議しなおしてくれと言われてしまった。ごもっとも。だったら仕方ない、やるしかない。さすがに木下以下の偉い人々は経験豊かで、すぐにそう割り切ったようである。

だが亜季は気が重かった。もうめちゃくちゃに重かった。さやかの話を聞くに、開き直った金鼻酒造は一筋縄ではいかなそうじゃあないか。

そして案の定というかなんというか、さっそくトラブル発生である。今日木下から唐突に電話がかかってきて、通話ボタンを押したとたんにこう言われた。

『藤崎、金鼻酒造から届いたっていう草案、なんだあれ』

電話だと木下は存外気が大きい。ぐいっとくる。

亜季は慌《あわ》てて草案の中身を思いだした。

「なにか不備でもありましたか？　今回先方から赤字で訂正要求をいただいた部分は、それほど問題にはならないかと思いましたが……」

『どこがだ。ちゃんとうちが渡した草案と、向こうが寄こした赤入れた草案、逐一文言を見比べたか？』

亜季は動きをとめた。逐一見比べる？

「赤字の部分は見ましたが、全文は突き合わせてません……」

『あのなあ藤崎、お前、見事に向こうの罠《わな》にかかってるぞ。うちがライセンス料を『売上の5パーセント』って書いたところ、しれっと『売上の3パーセント』に直してあっただろ』

え、まじか。急いで書類を引っ張りだして目を走らせると、確かに赤字ではなく、元の文に黒字で修正が入っている。さも最初からそういうふうに書かれていたかのようである。

『どういうことだこれ』

ずばり問われて、亜季は小さくなった。

「……すみません」

まさか黒字で修正を入れてくるとは思っていなかったし、ライセンス契約以外も同時に締結せねばならなくなったことで一気に契約書が複雑になり、目が追いついていなかった。が、形式的な変更を見落としたのは、言い訳の余地もなく亜季の不手際である。

『他にもある。ライセンスの対象製品に、飲料以外にも菓子やらゼリーやら勝手に入れこみやがって』

「……それってこのあいだの面談でちょっと話題にのぼったところですよね。結論は出なかったですけど」

『そうそう。なのにさも合意がとれたみたいに自社に有利な文章で入れこんでる。やり方がエグいよ。どうなってんだあの会社。しれっと元通りに修正して、突き返してくれよ』

木下は憤懣《ふんまん》やるかたないというように電話を切った。

書き直すって。亜季は呆然《ぼうぜん》である。しかしやらないわけにはいかない。言われたとおり、知らぬ顔で書き直して先方に送り返した。もちろんそのための会議を無理やりねじこみ開催し、全員の合意をとって、関係部署にもお伺いを立てたあとにである。

「それで先方は、なんて言ってきたの」

「赤字にするのを忘れてました、手違いでーすだそうです」

「ミスと言い張ってるわけだ」

「本当かは怪しいですけどね。その言い訳の仕方にもなんというか、こう、味わいがあって……」

味わいとは聞こえよく言っているだけで、実際はほぼ恫喝《どうかつ》のようだった。

金鼻酒造のきな臭い話は北脇も耳にしているのか、苦笑が響く。

「それは本気でお疲れさまだったな」

「はい……なんかもう先行きが不安で不安で」

「藤崎さんは心配しなくて大丈夫だよ。実際に相手がたと喧嘩《けんか》するのは、木下さんや熊井さんの仕事だから」

「でも窓口になってるの、わたしですよ？　メンチ切られたり、電話口から巻き舌でまくしたてられたりしたらどうしましょう」

「大丈夫、木下さんたちもそこは問題視してるみたいで、相手が藤崎さんを侮《あなど》って脅しにかかったりしないよう手を打ったから」

「そうなんですか？　ありがたいですけど……」

初耳である。どんな手を打ったんだろう。

「それにしても、先方もせこい手使いますよね。黒字で訂正入れたの、絶対わざとですよね。そんなごまかしをかまされるなんて考えもしませんでした」

「まあ、ないわけじゃないよ。訂正が赤字じゃなきゃだめって決まりもないし、気がつかなかったらそれまでのこと。見つけられないこっちが悪い」

「そんなものなんですか？」

「そんなもの」

「でもお互いこそこそ書き直していたら、いつまで経っても協議は進まないですよね。それともそういうのが、いわゆる駆け引きってやつなんですか？」

ビジネスの交渉ではよくある手法で、いちいち気持ちを揺らしてはいけないのだろうか。

「駆け引きにはあんまり乗り気になれない？」

「わたし、そういうのちょっと苦手なんです」

「ビジネスのが？　プライベートのが？」

「どっちもです」

「ビジネスの駆け引きも苦手なの。なんで？」

「なんというか……駆け引きって、自分の望みのために、相手を利用したりおだてたり脅したり、いいように誘導する技術ですよね。好きになれなくて」

亜季は、猪突猛進《ちょとつもうしん》な自分が気に入っている。だからこそ、必要以上に褒め称えて相手を気持ちよくしたり、頭ごなしに怒鳴りつけて萎縮《いしゅく》させたりして、人の気持ちを無理に誘導するのが好きになれない。そういうことをする人間を、真の仲間と思えない。

「他人を騙《だま》して自分の利をとりたくないってことか。藤崎さんらしいな」

北脇は心なしか楽しそうに言った。

「だけど難しく考えすぎだよ。すくなくともビジネスの駆け引きは騙し合いなんかじゃない。ビジネスでは普通、はっきりと到達目標が定まってるでしょ。今藤崎さんがやってる仕事だったら、『うちに有利に契約を結ぶ』とか。その目標に、なるべく最短、かつできる限り近づくようにふるまえばいいだけだ。なにも相手を騙したり、操作したりしなきゃと考えて行動しなくたっていい」

「目標への最短経路だけを考えて動いたら、結果的に駆け引きになるってことですか」

「そう。それにビジネスで動くのは相手だって同じだから、もし藤崎さんが相手を誘導するような形になったとしても気に病む必要は全然ない。逆に馬鹿にされたり笑われたりしても、動揺なんてしなくていい。『感情的にさせようとしてるんだな』と淡々《たんたん》と受けとればいい。ビジネスの中でどういうふうに感じたとしても、それは全部、素の藤崎さんの感覚じゃないから。割り切っていい」

まさに心に引っかかっているところをフォローされ、亜季はうつむいた。北脇は亜季をよくわかっている。なにが嫌なのかをきちんと理解してくれている。

確かに言うとおりかもしれない。相手の事業を潰《つぶ》してしまって心が痛むとか、渾身《こんしん》の企画を断られたのが自分が嫌われたように感じるとか、そういう感情に左右されるのはビジネスではない。感覚や感情に振り回され、理屈の裏付けもなく結論を出すなんて愚《ぐ》の骨頂《こっちょう》、これは仕事なのだ。

それでも亜季は、北脇ほどにはうまく割り切れない。いくらビジネスといえど、実行しているのは生身の亜季なのだ。だから裏では心を痛めるし、傷つきもする。何度も何度も自分たちの理屈をぶつけてやりあう月夜野ドリンクと金鼻酒造のあいだでライセンス契約をまとめていくのは、気を遣うし疲れる。

本当は北脇だって、そういう感覚はあるんじゃないんだろうか。これはビジネス、生身の自分を批判されているわけでも、否定されているわけでもない、いつでも全部そういうふうに割り切って、駆け引きできる人でもないはずだ。プライベートの北脇には、不器用で繊細な部分があると亜季は信じている。だからこそ亜季の悩みに、これほど的確にアドバイスができるんじゃないのか。

それとも、と亜季は眉間《みけん》に皺《しわ》を寄せた。

まったく逆なのかもしれない。

北脇はプライベートも、ビジネスと同じように割り切っているのかもしれない。相手の感情を操作しようと、もてあそぼうと、心は痛まないタイプなのかもしれない。

そんな人じゃないと亜季が信じていたのも、今気持ちをわかってもらえていると感じているのさえ、もしかしたらそう思いこまされているだけなのかもしれない。北脇をいいひとだと信じるように、誘導されているだけなのかもしれない。

全部が、駆け引きなのかもしれない。

「……だからラブレターを書くんですか？」

やめとけと思いつつ、駆け引きできない亜季はどうしても尋ねてしまった。

「どういう意味」

「わたし、このあいだ又坂さんとお話ししてるのを聞いてしまって。ラブレター、そろそろ積極的に書きたいって、いろんなところに粉かけておきたいって。北脇さんってそういうことも割り切って考えるんですか？　割り切ったらできることなんですか？」

唇を噛んで、モニターのさきから言葉が返ってくるのを待つ。

違うと言ってほしい。みんな誤解だと。亜季の信じていた北脇が、本当の北脇だと。

しかし北脇は、なにを言っているのかという口調で返した。

「そりゃラブレターなんて、割り切るからこそ書けるものでしょ」

「え……なんでですか、書けませんよ」

つい涙目になってしまった。ラブレターは気持ちを伝えるもの。割り切れないからこそ書けるもの。思いを込められるものではないのか。

「意外に藤崎さん、そういうところは度胸がないんだな」

「度胸の問題ですか？」

人間性の問題の間違いじゃないのか。

「最終的には度胸じゃないの。いくらこっちが権利侵害されているとはいえ、ラブレターなんて送りつけたら、結局はこちらが喧嘩を売った形にはなるから」

「え」

「まあ粛々《しゆくしゆく》とやらなきゃ自社の財産を守れないわけだし、ビジネスだから、僕は全然割り切れる」

ちょっと待て。

亜季は口をあけた。何度か瞬いて、それからそうっとキーボードを叩き、検索窓に打ちこんだ。もしや。

『特許　ラブレター』

一瞬で検索結果が表示されて、同時に亜季の顔はかっと熱くなる。

画面にはこう書かれていた。

――『ラブレター』とは、知的財産権を侵害している者に送りつけられる『警告書』のことです。業界では洒落《しやれ》で、そう呼ぶ場合があります。――

つまり。

今まで北脇はずっと、恋文の話ではなく、警告書の話をしていたのだ。

そんな、まさかと思ったものの、考えるほどに警告書の話でしかありえない。思えば北脇は最初に亜季がラブレターについて尋ねたあと、『今話をした別件で忙しい』と言っていたではないか。そうして他社から送りつけられた警告書対応に奔走《ほんそう》していた。又坂も、亜季の勘違いなんてとっくにお見通しだったのだ。それでも面白がってあんなことを……。

「えっと！　そうですよね、ビジネスですよね！」

亜季は真っ赤になって立ちあがった。

「わたしたちの仲間の汗と涙の結晶を守るためなら、ラブレター……つまりその、警告書はちゃんと積極的に送りつけるべき、そういう話ですよね。粉をかけるって北脇さんが言ってたのも」

「これからは僕も、もうすこし積極的に警告書を送るべきだって話をしてたんだ」

いたたまれない気持ちで目を逸《そ》らすと、「なに」と北脇は不服そうな顔をした。

「警告書の送付なんて好き好んでやりたい仕事じゃない。藤崎さんが僕をどういう人間と捉《とら》えてるのかは知らないけど」

「いえ誤解です！　わたしちゃんとわかってますから！」

「なにが」

「えっと……」

ますます挙動が不審になった亜季を、北脇はしばらく胡乱《うろん》な目で眺めていた。と思えばおもむろに手元のバインダを持ちあげて顔の前にかざし、そのまま立ちあがる。

「まあいい、ライセンス契約の資料とか、金鼻とのやりとりのメールとか、全部僕に転送しておいてくれる？　僕もこれからは藤崎さんの補佐で交渉チームに入るから」

「え」亜季は驚き顔をあげた。「いいんですか？」

「別件の警告書の処理は片がついたし、木下さんたちも藤崎さんを心配してたし、そもそも次の交渉はおそらく紛糾するから人手が必要でしょ。もちろん基本は今までどおり藤崎さんに任せる。でも手が回らなかったらいつでも僕に振ってくれていい。僕もメールは全部目を通すし、必要があれば先方に釘《くぎ》を刺すから」

「あ、やっぱり……」

亜季がなにか言う前に、「よろしく」と北脇はバインダで顔を隠したまま部屋を出ていってしまった。

「……そっか、木下さんが打った手って、北脇さんをチームに入れることだったんだ」

助かったと思った。北脇が目を光らせていてくれれば、これから金鼻酒造が亜季にどれだけ舐《な》めた態度を取ったとしても、長くはもたないだろう。

でも、と亜季は胸をなでおろしながら、ちょっと首を傾げた。

北脇さん今、バインダの向こうでめちゃくちゃ笑ってた気がするけど、なんでだろ。

「それで結局どうなったの。その紛糾しそうなライセンス契約ってやつ」

カフェ『ふわフラワー』で親友のゆみに尋ねられて、亜季はコーヒー片手に息を吐いた。

「今週まとまったよ」

結局それほど月夜野に有利ではなくなってしまったが、なんとか粕汁の原料もそれなりの価格で調達できそうだし、今度は社長もゴーサインを出してくれた。

二度目の常務会、緊張しきった亜季たちのまえで、増田はじっくりと草案に目を通した。それから頰に手を当て、「うーん」と長考して散々おびえさせた挙げ句、「いいでしょう。これで契約締結しよう」と宣言したのである。

よかった。木下以下、この契約に奔走した人々は心底安堵《あんど》した。

「えーうまくいっちゃったの？　これからもっとトラブルとかアクシデントが起こって、面白くなるのかと思った」

「そりゃ地味なトラブルとかアクシデントはいっぱいあったよ。会議するたびに宿題が増えてわけわかんなくなったり、あっちの担当者がすごく失礼なメール送ってきたり」

「でもどうせ、北脇さんがなんとかしてくれたんでしょ？」

お見通しみたいにゆみが言うので、亜季はちょっと口を尖《とが》らせた。

「……北脇さん、まっとうな仕事に関しては手も口も出さずに全部任せてくれたよ」

「へえ、信頼してもらってるわけだ。いいねえ」

ゆみはリリイの背をなでさすりながらにやにやしている。そうだよ、とあえて堂々と胸を張ってから、亜季はコーヒーカップを両手で抱えた。

「でも結局、北脇さんが駆け引きしたり、人を操縦したりして喜んでるタイプじゃないかはわかんなかった」

いまだにこの問題は、亜季を悩ませている。

「え、とっくに解決ずみでしょうが。ラブレターって警告書のことだっていうし、粉かけてるのも警告書を送る会社の話だったんでしょ。亜季の疑いはもともと勘違いじゃん」

「でも勘違いから出たまことじゃないって言い切れる？」

「逆に訊くけど、どうしたら疑いが晴れるわけよ」

「そりゃ本人に訊く、とか」

「あのねえ、本人に訊いてどうすんの。北脇さんが真実誠実な人間でも、そう見せかけてるだけの人でなしでも、『僕は誠実な人間です』って言うに決まってんじゃん」

「じゃあ調べようがないじゃない」

「なに言ってんだか」

　盛大に息を吐き出し、ゆみはリリイの白い腹を撫でる。リリイがああして腹を撫でさせるのは、ゆみの家族と北脇だけである。

「亜季はとっくに答えを知ってるでしょ。北脇さんの人柄を証明するものをずっと持ってるじゃん」

「……証明？　なにそれ」

「わかんない？」

「うん」

「ラブレター。もらったでしょ」

「……誰が」

目を白黒させていると、ゆみは呆れ顔で頬杖をついて亜季のほうを指差した。背後に誰かいるのかと振り返り、ひとけのない店内をしばらく眺めて、亜季はがばりと視線を戻す。

「わたし？」

「他に誰がいんの」

「なんの話、わたしそんなものもらったことない——」

「もらったでしょ、あの事件のとき」

「……事件？」

「冒認出願の疑惑で先輩を追いつめなきゃいけなくなったとき、北脇さん、手紙くれたって言ってたじゃん。亜季、その内容に感動して泣いたんでしょ？」

ふいに思いだして、亜季はじわりと頬を染めた。ああ、あの——今思いだしても涙腺が緩みそうになる、そっけない、でも心のこもった書き置きのことか。

「ていうかさ」ゆみは嘆息交じりでリリイを抱きあげて、その前脚の肉球で、亜季の額《ひたい》をプニッとやった。「あのひと、どう考えてもプライベートはめちゃ不器用でしょ。駆け引きなんてまったくできないタイプ」

「そうかな」

「もしできてたら、もっともてて る」

それはまあ、そうかもしれない。

というわけで、地味にこつこつとやりとりを積み重ね、懸案のライセンス契約は無事に締結された。無茶ぶりした増田も喜んでいるというし、それもあってか、事務を担った亜季にもささやかな褒賞が出るという。会社が出してくれる金銭の他、副賞として増田の選んだ逸品がつくというから大盤振る舞いだ。なんだかんだで大変な仕事だったから、亜季もなにがもらえるのかと楽しみにしていたのだが。

「まさかそれがこの、激苦紅茶の試作品だったなんて……」

机からこぼれ落ちんばかりの『緑のお茶屋さん　スーパーレッド』のペットボトルの山に、亜季は頭を抱えた。これは製品開発部が社長の肝《きも》いりで開発している製品の、試作品である。もちろん増田はよかれと思って贈ってくれたのだ。これを飲んで、また頑張ってくれと。

だが、苦い。苦すぎる。

増田にはフィットしたとしても、いかんせん、一般人の口には刺激が強すぎる。月夜野ドリンク社員としてちょっとやそっとの苦みには動じない亜季ですら、まだ二口しか飲めていない。一口目はなにも知らずにぐいっと飲んでひどい目に遭った。そして現在は、このままでは一生机を占拠されると危惧《きぐ》を抱き、えいやと再び口をつけたものの、舌が拒否してまたしてもリタイアしているところである。

「うらやましいな。僕のぶんをあげなきゃよかった」

ラムネ片手に通りかかった上司が、しれっと言う。

「じゃあお返しします!」

亜季は聞くや振り向いて、ペットボトルを突きだした。実はこの試作品の山、本来は亜季と北脇が半分ずつもらったものである。だが北脇は『頑張ったのは藤崎さんだから』と亜季に譲ってくれた。喜んだのも束の間、この顛末《てんまつ》である。

「申し訳ないからいいよ。ちょっとヘルプに入った僕なんかがもらっていいものじゃない。藤崎さんの努力の成果でしょ」

「そんな、北脇さんだって後半の協議で大活躍だったじゃないですか。ぜひ一本、いえ二本、せめて半分くらい持っていってくださいよ」

「遠慮しとく。藤崎さん今、すごい顔して飲んでたしな」

にやりとしている。亜季は顔をしかめた。やっぱりこのひと、こういう羽目になるってなんとなくわかっていたな。なんという策士……いやいや諦めるな。こんな押しつけ合いで負けるようなら、知財なんて守れない。たぶん。

「じゃあわかりました、冷蔵庫に入れときますから。冷蔵庫の中のものは、知財部員の共通物って決まりですよね？」

「無記名のものは、でしょ。全部に藤崎さんの名前書いておくから。毎日頑張って飲んでくれよ」

北脇は自席から、わざとらしくペンを持ちあげた。させじと亜季も、慌てて『ふてぶてリリイ』ブランドのペンケースからペンを取りあげる。

「そのまえにわたし、北脇さんの名前書きますからね。北脇雅美ってフルネームで」

「それは僕かはわからないな。まさみさんって女性かもしれないし」

「ちゃんとまさよしってふりがなも振って、ごまかしきかないようにしますから！」

「わかった」と北脇はここぞとばかりに得意げな笑みを浮かべた。「じゃあ僕も、次からちゃんとふりがなを振って喋《しゃべ》ることにする。藤崎さんが妙な誤解をしないように」

「……ふりがなを振って喋る？」

よくわからないことを言う。しかも亜季が誤解しないようにって、いったいなにを――

と考えたとたんにその意をばっちりと悟って、亜季はみるみる赤くなった。

「いえ違いますから！　わたし最初からわかってましたから！」

「なんの話？」

知らん顔をしたまま、北脇は亜季の机から激苦紅茶を一本とった。冷蔵庫の傍《かたわ》らで乾かしてあるマグカップを手にして、けっこうな量を注いでいる。そして戻ってきておいしそうに飲み干したから、亜季はさすがに驚愕《きょうがく》した。

「舌、痺《しび》れてないですか？」

「全然。おいしいよ」

「北脇さんの舌、とうとう増田社長レベルになっちゃったんですか？」

「まさか。水で割ったんだよ。これ、使ってる茶葉はいいんだな。濃度がちょうどいい感じになると普通にうまい」

言われて試してみると、確かにおいしい。亜季は感心して、それからほっとした。

そうだ、北脇はこういう男なのだ。わかりにくいけれどいいひとで、必ず助けの手をさしのべてくれる。誰も悪者にならないようにしてくれる。よかった、亜季の確信は間違いではなかった——。

「にしても」と北脇はマグカップ片手に思いだし笑いをはじめる。「藤崎さんって、本当に信じがたいことをやらかすよな。まさかあんな勘違いするとか」

「ちょっと待ってください！」亜季は瞬く間に感慨から立ち戻った。「やっぱりなんの話かわかってるじゃないですか！」

「いや全然」

「じゃああらためてお尋ねしますけど、北脇さんはラブレ……って目逸らすの早すぎませんか？　なに訊かれるか完全にわかってましたよね？」

「紅茶の希釈濃度知りたくないの？」

「それとこれとは……はいはいわかりました！　教えてください！」

それでよし、とさらっと流したつもりらしき上司に、亜季は笑ってしまった。やっぱりこのひと、ちょっと不器用だ。

そしてそこがいい。

※この短編は、連続ドラマ最終回放送記念として集英社オレンジ文庫公式ＨＰに掲載された原稿に、加筆修正を加えたものです。

【番外編】

それがセントラル

「恋愛？　親愛？　それとも……ビジネス？」

例によってひとけのないカフェ『ふわフラワー』のソファ席で頭を抱えていると、向かいの席で膝《ひざ》にリリイを乗せていた上司がぎょっと片眉をあげた。

「なんの話」

「もちろん仕事ですよ仕事。コラムのネタが出てこなくて」

「コラム」

「社員が順番に、社内報の一コーナーを担当することになってるんです。で、次がわたしの番なので、なんかこう、いい感じなことを書きたいなーって思ってるんですけど……思いつかなくて。明日が提出期限なのに」

ふうん、と北脇《きたわき》はリリイの背中をなでさする。ぱっと見はいっさい興味なさげな顔をしているが、これが実は相談に乗ってもいいよという表情なのは、亜季《あき》もよく知っていた。

なんだかんだでやさしい上司である。

「偶然カフェなんかで鉢合わせたと思ったら、仕事の話か。藤崎《ふじさき》さん、意外とワーカホリックだな」

「北脇さんに言われたくないです……」

「で、なにか候補のネタはあるの？」

「いろいろ考えたんですけど、やっぱり知財部らしく、字面《じづら》が面白い知財の専門用語を、日常生活のもろもろに関連づけて紹介したいなあって思ってるんです。専門用語はもう決めていて」

亜季はソファテーブルに広げていた参考書をぱらぱらとめくった。

「これです、『セントラルアタック』。ちょっと興味を持ってもらえそうじゃないですか」

コーヒーを持ってきてくれたゆみが「なにそれ」と首を突っこむ。

「セントラルアタック。どういう意味の言葉なの？　なんか戦う感じ？」

「うーん、アタックされちゃう感じかな。外国に商標を出願したときに注意しなきゃいけないことだから」

亜季は参考書片手にゆみに説明した。

「たとえば『ふてぶてリリイ』って名前のバッグは、日本ではゆみ以外の人は売りだせないでしょ。ゆみが商標もってるわけで。でも外国だと誰でも使えちゃう。ゆみの権利は、日本国内でしか有効じゃないから」

　商標は強力な権利だが、基本的にその効力は国内のみだ。外国でも権利を保護したいのなら、国ごとに出願して審査されなければならない。だが世界中に国は二百くらいあるわけで、ひとつひとつやっていると果てしない。

　それで国際登録出願という、簡単な手続きをするだけで多くの国で商標登録を受けられる超便利システムができた。日本の特許庁に出願するだけで、特許庁から報告を受けた国際事務局なる組織が全世界に向けて『国際登録』し、こちらが保護を希望する国の官庁にも通報してくれて、それぞれの国で審査が進むという至れり尽くせり、楽々システムである——のだが。

「ひとつ問題があって。もしどこかの国でめでたく商標がとれたとしても、大元の日本でなにかトラブルがあったりすると、全部がだめになっちゃうんだよね」

　それぞれの国でそれぞれ審査が進むから、ひとつの商標がA国では認められB国では認められないなんてことはざらだ。それはまあいい。問題は、大元である日本の登録に問題が発生した場合だ。もし日本での登録が拒絶されたり、短期間で消滅したりした場合、なんと他国での登録すらなかったことになってしまう。もしA国で問題なく権利が取得できていたとしても、日本での登録がだめになったとたん、問答無用でA国での保護も受けられなくなってしまうのだ。

「あーつまり、心臓がやられちゃったら、他の臓器が無事でも死ぬ、みたいな感じか」

「なんか物騒だけど、そんな感じだと……思う」

亜季はちらと上司に目をやった。北脇は素知らぬ顔でリリイの顎《あご》を撫《な》でている。まあ、だいたい合っているようだ。

「なるほどね。セントラルにアタックされるとすべてがだめになる。日常生活でもうまいこと言えそうな気がしなくもないね」

「でしょ。だからコラムに使えると思ったんだけど……」

「肝心の、日常のなにかとうまいこと繋《つな》げるアイデアが思い浮かばないわけね」

「そうなんだよ。なんかないかな、恋愛セントラルアタック、友情セントラルアタック……」

うーんと考えこんだ亜季とゆみを眺めて、北脇は呆《あき》れ顔をした。

「うまいこと言おうとする必要ないでしょ、結婚式のスピーチじゃないんだから。そもそも、専門用語でうまいことを言おうとするとたいがい失敗する。用語の肝《きも》の概念は捉《とら》えられてないわ、内輪受けに走りがちだわでいいことない」

「そうですけど……」

「僕も社内報は目を通してるけど、そのコーナー、別になにを書いたっていいみたいじゃないか。総務の横井《よこい》さんなんて、海外旅行の写真載っけてたよ」

「そんな素敵なプライベートは残念ながら過ごしてないですし、それに、わたしは知財ネタを使いたいんです。そりゃなに書いてもいい、ちょっとしたコーナーですけど、せっかく枠がもらえたのなら、わたしにしか書けないことが書きたいって。すこしでもみんなに、この仕事の大切さとか面白さをわかってもらえたら嬉《うれ》しいですし」

「亜季は真面目だなあ」

褒めてくれるゆみをよそに、北脇は「よいこころがけだけど」と息を吐いた。

「知財のプロとして、どんなときも手を抜かないのは偉いとも思うけど。でもしょせんはゆるいコーナーなんだから、そこまでこだわらなくても構わないんじゃないか。仕事の話なんかより、むしろ藤崎さんにしか書けないものを書けばいいのに」

「そんなものないですよ」

「むつ君のイラストを載せればいいでしょ」

「え、いえそれは……」

「なにか問題があるの」

「もちろんむつ君、わたし自身はとても気に入ってる会心のキャラなんです。ですけど客観的に見て、あんな誰にでも描けるイラストなんて――」

「逆でしょ。仕事の話なんて、正直言って誰にだってできるんだよ。藤崎さんのオンリーワンの部分をアピールするほうが絶対いい」

　間違いない、とばかりに言い切って、北脇はブラックコーヒーを手に取る。リリイにからないように、横を向いて口をつけた。

「北脇さんが言うとおり、むつ君のイラストを載せたらいいじゃん」

　ゆみは洗い物をしながらあっけらかんと言う。そうだけどさ、と亜季はカウンターでカフェオレ片手に息をついた。

「大丈夫だよ、むつ君かわいいもん」

「ゆみがそう言ってくれるなら、ちょっと勇気が出るけど」

　でも、と亜季はちらと背後を見やる。北脇はリリイを膝に乗せたまま、はちゃめちゃに難しそうな題名の本を読んでいる。

「……そもそも北脇さんてさ、むつ君のこと、どう思ってるんだろ」

「このハリネズミ自分に似てるなあ、でしょ。薄々感づいてると思うよ」

「え、それは困る……じゃなくて、それは今は置いといて。なんというかあのひと、きっちりしてるでしょ。どれだけ努力したかとか、どんなに気持ちがこもっているかなんて、作品の評価とはいっさい関係ないっていうか」

過程なんて関係ない、結果がすべて。そんな厳しくも理に適《かな》った確固たる評価軸《じく》を持ち、なにより自分自身を強く律しているのが北脇という男だ。

「そういう人だから、むつ君をすごく上手に描けてるとか、優れてるとか思ってるわけはないんだけど……だからこそ、なんというか」

「せめてむつ君を好きでいてほしい。好きだからこそ、社内報に載せたらと提案してくれたんだと思いたい、そういうことか」

「うん」

「なるほどねえ、わかるよ。むつ君は、亜季っていう人間の大事な一部だもんね」

ゆみは何度もうなずいた。と思えばにやりとして、亜季に向かって腕を伸ばした。

「逆セントラルアターーック！」

左肩を軽く小突かれて、亜季は目を白黒させる。「なにそれ」

「大丈夫、大好きだから。いつも、好きだなあかわいいなあって顔で見てるし」

「ほんと？」

「ほんとほんと。ばれてないと思ってるみたいだけどね。だから大丈夫、ほら、逆セントラルアタークック！」

気に入ったのか、ゆみは謎のかけ声とともに何度も小突いてくる。

「だからなにそれ。なにが逆なの？」

「セントラルがよければみんないいってことだよ。簡単でしょ？」

簡単だろうか。正直、その意味するところはまったくわからないが、ゆみが楽しそうなので、亜季もなんとなく楽しい気分になってきた。北脇のむつ君に対する思いは、本当のところはよくわからない。でも好きでいてくれるといいなと思うし、なんとなく、好きでいてくれるような気もする。


「『――商標登録におけるセントラルアタックを確実に防ぐのは難しいです。ですがたとえば国際登録の基礎となる国内商標を、すでに権利を得られているものにすれば、日本で登録できないせいで全部がひっくり返る恐れは低くなります。アタックされるかもしれないセントラルは、盤石であればあるほど安心ということです。こういう関係は、企業での事業と知財のあいだにもあるとわたしは思います。どんな素晴らしい製品も、知財の権利が引っかかってしまうと発売できなくなるかもしれません。逆に言えばそれだけ知財は、大切な要《かなめ》の石ということです。わたしはこれからもそんな大事な知財を守ってゆきたいし、みなさんに重要さをもっと知ってもらえるよう努力したいです　知財部藤崎』……か」

後日、社内報に掲載されたコラムに忌憚《きたん》なき意見をお願いしたところ、北脇はなんとも言えない顔をした。

「頑張って書いてあると思う。でも正直に言うと、それほどうまいことは言えてないな」

「ですよね」と亜季は笑った。自分でも同じように思っているから、まったく仰《おつしや》るとおりである。「いいんです、このコーナーのメインは、隣のむつ君なので」

コーナーの隅《すみ》には鉛筆を持ったむつ君がちょこんと座っていて、つらつらと書いたコラムはこのむつ君が喋《しゃべ》っているていになっている。実際のところ、セントラルアタックについての文章は、むつ君をできる限り自然に載せたいがために捻《ひね》りだしたものだ。さすがにむつ君だけをばんと掲載する勇気はなくて、真面目なことも書いてみたのである。

「むつ君はいい感じだと思った」

とラムネを食べながら北脇は言ってくれた。そうか、だったらいい。嬉しくなって、亜季の口もついなめらかになる。

「ありがとうございます。そういえば北脇さんって、むつ君をけっこう気に入ってくださってるらしいですよね。嬉しいです」

「……なんの話」

「ゆみに聞いたんですよ。好きだなあ、かわいいなあってよく見てるって。北脇さんは気づかれてないと思ってるみたいだけど、わたしはわかってるって言ってましたよ」

ラムネを口に放りこもうとしていた北脇の手がとまった。

ちら、と亜季に目を向ける。

「……どうしたんです？」

北脇はしばし静止していたが、やがてなにごともなかったようにラムネを口に入れた。

「なんでもない。そろそろ仕事に戻るか」

亜季は瞬《また》いて、それから「そうですね」とにっこりした。上司がこういう反応をするのは、図星だからだろう。そうか、北脇さんはむつ君が好きで、かわいいと思ってくれているのか。そっかそっか。

にこにこと社内報をしまって、パソコンモニターに向かった。その日はずっと上機嫌だったので、終始上司が気まずそうにしているのには気がつかなかった。

※この短編は、集英社オレンジ文庫創刊9周年フェア用に書き下ろされた原稿に加筆修正を加えたものです。

【000X】

百パーセント、プライベートです

とある春の休日のことである。

海を臨む公園の端にあるベンチに、ひとりの女性が座っていた。

見た目からしてわかる。できる女である。経験と知識に裏打ちされた充実の中身を伴《ともな》った、真にできる女である。

とはいえ今日ここにやってきたのは、仕事のためではないようだった。さわやかかつほどよく甘いデザインのブラウスの裾《すそ》を気にしたり、目の前を人が通り過ぎるたびにはっと顔をあげたり、しきりに時計に目をやったりしているから、十中八九デートだろう。

右隣のベンチに腰を落ち着けた、散歩途中らしき老婦人二人組は、あらあら微笑《ほほえ》ましいじゃない、どんな人を待ってるのかしら、なんて勝手に期待している。

しかしこのデート待ちらしき女性、なんだかちぐはぐなところもあった。

もちろん服装はよく似合っている。自分が一番好きな服を着てきたのだろう。携《たずさ》えている仕立てのいい革の鞄《かばん》もたいへん素敵な逸品だ。しかし、その鞄につけられたアクリルキーホルダーふたつは、ちょっと浮きあがって見えた。

どちらも妙にファンシーなキャラクターが描かれている。

ひとつは誰もが一度は目にしたことがあるだろう、有名なキャラだ。人気イラストレーターのハナモが手がけた『月夜《つきよ》ウサギ』である。どこかの企業の販促キャラだったのがあれよあれよと大人気になって、今では専用ショップまであるとかなんとか。

もうひとつは見たこともないキャラである。スーツとネクタイをつけたハリネズミだ。得意げに笑っているのがかわいらしい。ハリネズミの傍《かたわ》らには漫画のフキダシのようなものも添えられていて、このハリネズミがなにごとか言っているデザインのようだ。

しかし肝心のフキダシの中は『月夜ウサギ』に隠れてしまって窺《うかが》えない。このどことなく得意げなハリネズミの微笑みからすると、『こんなこともわからないの？』とか偉そうなことを言っているのだろうか。

なんにしても、女性の醸《かも》しだす雰囲気からは浮いているように見受けられる。

そしてもうひとつ。

違う意味で浮いているものがあった。

緊張しているらしき女性が頻繁《ひんぱん》に口に運んでいる、ペットボトルのお茶飲料である。

その名も、『元祖　緑のお茶屋さん』。

『緑のお茶屋さん』といえば、ユニークで、コアな人気を獲得する商品作りでおなじみ、月夜野《つきよの》ドリンクの看板商品である。しかしその多彩なラインナップのうちでも、この女性ががぐびぐび飲んでいる『元祖』はいろんな意味で特殊だった。

なにを隠そう、月夜野ドリンクの魂《たましい》とも言える『緑のお茶屋さん』の、発売当時そのままのキレッキレの味わいを再現した恐るべき商品なのである。

一昔前は月夜野ドリンクなど、一部の大ヒット商品を除いては知る人ぞ知るという扱いだった。だが近年躍進を果たし、この飲料会社の販路は大幅に拡大、販売量も飛躍的に増加した。『緑のお茶屋さん』や『ジュワっとフルーツ』シリーズといった主力製品は、いまや全国どこに行っても買える。コア人気で生きながらえていたころを知る者にとっては、驚きの状況である。

大躍進の理由について、巷《ちまた》ではあることないこと含めてまことしやかに論じられているらしい。そもそも商品の出来がよく、かつどこか尖《とが》っているのが、SNS隆盛のこの時代にフィットして爆発的に広まったとか。近年立て続けに新製品が当たり、定番化したからだとか。そういえば、デート待ちらしき件《くだん》の女性がつけているキーホルダーの『月夜ウサギ』も、月夜野ドリンクの商品から生まれたものだったような。

そしてもうひとつ、ひそかにささやかれている噂《うわさ》がある。

月夜野ドリンクは、幾度かあった裁判沙汰《ざた》で名前が売れた、それが知名度アップに繋《つな》がり躍進が始まったのだ――というやつである。月夜野ドリンクはどちらかというとイメージ悪化に苦しんでいた気もするが、巡り巡って自社の知名度の向上に役立ったとは、禍福《かふく》はあざなえる縄のごとし。

とまあそんなわけで知名度と売上があがるにつれて、コアな人気を獲得していた激苦お茶飲料『緑のお茶屋さん』にもマイナーチェンジが図られていった。より多くの人に届き、より時代に沿う味わいに調整されて、さらに売上を伸ばしていったのである。

むろんもともとのファンは、軟弱者と化した『緑のお茶屋さん』など望んでいなかったわけで、不満が渦巻いた。これがいわゆる古参切り捨てというやつか。

だが心配はいらない、月夜野ドリンクは、支えてくれたファンを切り捨てなどしなかった。古参を救うべく売りだされたのがなにを隠そう、ちょうど今ベンチで女性がひたすら飲んでいる、『元祖　緑のお茶屋さん』なのである。

これは本気で当時そのものの味わいらしく、信じがたいほど苦い。慣れない人間は一口含むや吐きだすというし、生半可な自称月夜野ドリンクフリークでさえ、無言でペットボトルを置いてしまうレベルだと言われている。

そんな玄人《くろうと》好みな『元祖　緑のお茶屋さん』を、デートまえで緊張しているとはいえ、これほどハイペースに飲めるとは。

眉を寄せつつぐいぐいと飲み干す女性の横顔に、ついその場の人々は思った。

かっこいい。

とそこに、新たな人物が現れた。

広場の向こうからやってくるのは、こざっぱりしたジャケットを羽織った男性である。見るからに、間違いなくできる男である。眉間《みけん》に皺《しわ》を寄せて、じゃっかん前のめりに、かつ早歩きでこちらに向かってくる。急いでいる。

というよりは、ちょっと焦っている。

なるほど、と人々は瞬時に理解した。『元祖』飲みの彼女が待っていたのはこの男性で、これからふたりでデートなのだ。

しかし彼がいよいよ近づくにつれ、人々の確信は揺らぎはじめた。なぜならば、男性が握りしめているのもまた、『元祖　緑のお茶屋さん』なのである。しかもけっこう飲み進んでいる。

まさか、と人々は思いはじめた。このひとたち、気合いの入った『月夜野ドリンク』信者なのかもしれない。女性のほうは『月夜ウサギ』のキーホルダーもつけていることだし。

そう、待ち合わせをしているからといって、即デートだと思いこむのはどうなのか。ふたりはただの月夜野ドリンクフリーク仲間、いわば同志なのではないか。そうでもなければ、よりにもよってふたり揃《そろ》って『元祖　緑のお茶屋さん』なんて飲みながらデートに来ないはず。月夜野ドリンク関係者でもないんだから。

などという余計なお世話すぎる外野の詮索も知らず、男性はベンチへつかつかと歩み寄った。

「悪い、遅くなって」

その声を聞くやはっと女性は顔をあげ、妙に切れ味よく立ちあがる。

「いえ大丈夫です！　遅れるってメールもらってましたし、しかもまだ待ち合わせ時刻から三分しか経《た》ってないですし」

なんだか上司を待っていた部下みたいである。もしかしたらカップルでも同志でもなく、単なる上司と部下なのか。

残念がる老婦人たちをよそに、女性は皺の寄っていないブラウスを一生懸命伸ばしながら尋ねた。

「それより、予定どおりで本当に大丈夫ですか？　新しい仕事、忙しいんですよね。無理しなくても――」

「いや今日明日は絶対大丈夫だから。休みに仕事するほど追いこまれてもない」

ややフライング気味に答えた男性の早口を耳にするや、あら、と老婦人たちはにっこりとした。前言撤回。やはりこれはデートである。間違いない。

「ですけど昨日だって、夜中まで仕事してましたよね？　今日も急ぎの仕事を切りあげて来てくれたんじゃないかなーって」

「違う、今日遅くなったのは家を出るまえにメダカの餌《えさ》を盛大に床にぶちまけてしまったからで、申し訳ない」

ははあ、と百戦錬磨の老婦人たちは目を合わせた。この男の子、そわそわして眠れなくて、それで夜中まで仕事なんかしてたのね。やっと明け方にうとうとしたせいで、いざ起きたら待ち合わせぎりぎりの時刻だった。それで慌《あわ》てて出ようとして、かえってメダカの餌をこぼしちゃったと。よくあるよくある。

まるで見てきたようだが、もちろん真相はさだかではない。とにかく月夜野ドリンクフリークの女性は胸をなでおろしたようだった。

「北脇《きたわき》さんも慌てることあるんですね」

「そりゃあるよ。今さらじゃないの」

女性が楽しそうに笑うので、ようやく男性も眉をひらいた。

「けっこう待たせてしまったでしょ」

「いえ全然、五分前に来ましたから！」

元気よく答えているが、大嘘《うそ》である。

「だったらよかった。藤崎《ふじさき》さんのことだから、三十分まえからいるんじゃないかと。だから本当は僕もそのくらいには着いておきたかったんだよな」

ご名答。彼女は三十分まえからここに座って、海を見つめてそわそわしていた。

「なに言ってるんですか、いくらわたしでもそこまで早くは来ないですよ」

「ほんと？」男性は笑っている。お見通しである。「まあどちらにしても、待たせて悪かった。ここけっこう風が通るから、とりあえず風が来ないところに行こうか」

「そうですね」

「どこ行く」

「えっと」

気まずい間があき、女性はそっと、目の前の巨大建造物を指差した。

「……いきなりですけど、いいですか？」

「もちろん」と男性は笑みを浮かべる。「俺たちはそのために来たんでしょ」

「そうでした」

と女性も微笑みを返す。

それから元気よく腕を振って歩きだした。

「よし、じゃあいきなり行っちゃいましょう！　いよいよですね！　楽しみだなあ」

「待って藤崎さん、そのまえに」

「どうしました？」

振り返った女性を前に、男性はしばらく言葉を探しているようだった。

やがて、思い切ったように口をひらく。

強い風が湾岸を吹き抜ける。

潮の香りに、男性の言葉は攫《さら》われていった。だが大事な人にはちゃんと届いたらしい。

女性は頰《ほお》を明るく紅潮させて、男性に駆け寄った。はずみにキーホルダーが揺れて、隠れていたフキダシがはっきりと見てとれるようになる。

お仕事ハリネズミはこう言っていた。


『かわいいよ』

あらあら、と老婦人たちは目を細める。

末永くお幸せに。潮風までが告げているような青空のした、ふたりは笑って手を繋ぎ、目の前の巨大建造物——ゆるやかに回り続ける観覧車へ乗りこんでいった。

主要参考文献

『特許侵害訴訟（第2版）』　森・濱田松本法律事務所編　飯塚卓也・岡田淳・桑原秀明著（中央経済社）
『改訂4版　シミュレーション特許侵害訴訟』　伊原友己・岩坪哲・久世勝之・井上裕史共著（経済産業調査会）
『競争力を高める　特許訴訟・審判の論点と留意点（知財実務シリーズ7）』　特許業務法人　志賀国際特許事務所／東京ステーション法律事務所　編（発明推進協会）
『審判便覧（改訂第20版）』　特許庁審判部　編
『口頭審理実務ガイド』　特許庁審判部　編

3巻に引き続き、E氏とM氏よりそれぞれ多大なるアドバイスをいただきました。おふたりなくしてこの物語は完結できませんでした。深く感謝を申しあげます。

特許庁と知的財産高等裁判所の見学および無効審判口頭審理の傍聴につき、山口和弘弁理士にたいへんお世話になりました。またこの物語を書くにあたり、たくさんのみなさまにお世話になりました。

どうもありがとうございました。感謝申しあげます。


作中に実在の法律および事件を引用していますが、この物語は、作者の意図の有無にかかわらず、事実と異なる部分があるフィクションです。

※この作品はフィクションです。実在の人物・団体・事件などにはいっさい関係ありません。

集英社オレンジ文庫をお買い上げいただき、ありがとうございます。
ご意見・ご感想をお待ちしております。

●あて先
〒101-8050　東京都千代田区一ツ橋2-5-10
集英社オレンジ文庫編集部 気付
奥乃桜子先生

それってパクリじゃないですか？ 4
〜新米知的財産部員のお仕事〜

集英社
オレンジ文庫

2024年7月23日　第1刷発行

著　者　奥乃桜子
発行者　今井孝昭
発行所　株式会社集英社
〒101-8050東京都千代田区一ツ橋2-5-10
電話【編集部】03-3230-6352
【読者係】03-3230-6080
【販売部】03-3230-6393（書店専用）
印刷所　TOPPAN株式会社

ISBN 978-4-08-680567-4 C0193

集英社オレンジ文庫

杉元晶子

香さんは勝ちたくない

京都鴨川東高校将棋部の噂

「将棋部の部長に勝てば付きあえる」
高校に入学した直は、初恋の人で
将棋の師匠でもあった香の噂を聞く。
あるきっかけで将棋をやめていた直だが、
将棋を再開する決意をして……?